生 态 文 学 批 评 译 丛

李贵苍 蒋林 主编

自然和文学的对话

都市·田园·野生

[日]山里胜己　高田贤一　野田研一　高桥勤

[美] 斯科特·斯洛维克　编

刘曼　陶魏青　于海鹏　译

中国社会科学出版社

图字 01 - 2013 - 4302

图书在版编目（CIP）数据

自然和文学的对话：都市·田园·野生／〔日〕山里胜己等编；
刘曼等译 . —北京：中国社会科学出版社，2014.4

（生态文学批评译丛）

ISBN 978 - 7 - 5161 - 4203 - 5

Ⅰ.①自…　Ⅱ.①山…②…刘　Ⅲ.①自然环境—关系—世界文学—
文学研究—文集　Ⅳ.①I106 - 53

中国版本图书馆 CIP 数据核字（2014）第 078232 号

出 版 人	赵剑英
责任编辑	史慕鸿
特约编辑	贺少雅
责任校对	李　莉
责任印制	李　建

出　　版	中国社会科学出版社
社　　址	北京鼓楼西大街甲 158 号（邮编 100720）
网　　址	http://www.csspw.cn
	中文域名:中国社科网　　010 - 64070619
发 行 部	010 - 84083685
门 市 部	010 - 84029450
经　　销	新华书店及其他书店

印　　刷	北京市大兴区新魏印刷厂
装　　订	廊坊市广阳区广增装订厂
版　　次	2014 年 4 月第 1 版
印　　次	2014 年 4 月第 1 次印刷

开　　本	650×960　1/16
印　　张	13.5
插　　页	2
字　　数	176 千字
定　　价	39.00 元

目　录

I　基调演讲

II　自然——都市·田园·野生

Ⅲ　亚洲的自然和文学

Ⅳ　从环境中学习什么

序　言

山里胜己

　　"二战"后文学的特征之一是过去沉默的声音变得清晰可闻了。少数派和女性的声音所带来的冲击刺激了人类的想象力，改变了社会。20世纪80年代，自然环境的声音不仅渗透到文学，也渗透到了其他艺术领域。这些新的声音从根本上影响了人们对世界的看法。受自然的声音的冲击，一直屹立于自然环境中心位置的人类众生变得相对化，与此同时人们开始探索生态世界的样子。

　　人类拥有抒发自我的声音与文字。但是谁来传达自然环境的声音呢？谁来又如何描述与大自然神秘力量和美产生共鸣的人类的精神？谁来传达树木倒地、田地污染时的叫喊以及地球的呐喊？从文学上来讲，这是诗人、小说家、自然作家的职责。人类如何面对自己的自然环境？以自然环境文学为主旨的想象力在历史上经历了怎样的变化？亚洲、欧洲各自独特的自然观在现代是否能存续下去？在不断尝试与自然环境的对话中，人类该如何生存，如何理解自己？

　　带着这些疑问，作家开始寻找新的词汇，读者、研究家开始重读作品。因而在20世纪80年代出现了"自然文学"或称为"环境文学"这个新的领域。这个领域以美国为中心迅速发展，近年来在世界各国相继设立了文学·环境学会。

当然，这个领域的繁荣和研究的进展与现代地球环境的危机也不无关系。美国黑人民权运动的先驱者威·艾·伯·杜波伊斯说过 20 世纪的主要问题是"色线"。这句话批判了以肤色区分人类社会的现象。这句话引申一下可以说，20 世纪后期到 21 世纪的主要问题之一是无形的"绿色网络"崩溃的危机，即地球环境可持续性问题。

身处这样的时代，我们需要更广义地理解文学的想象力和人类与自然环境的关系。新的人物形象在文学上出现，新的生活方式在不断摸索。在这样的形势下，人们开始重读文学。也许 21 世纪是一个可以被称为"地球文学"的时代。

2003 年 3 月在琉球大学召开了由 ASLE-Japan/文学·环境学会主办的"自然——都市·田园·野生"国际研讨会。本书收录了在研讨会上发表的论文和报告。本届国际研讨会就特色而言大致可分为以下四类：

第一，尝试把自然环境总括性地理解为包含都市自然、田园以及原生自然。人们重新认识以往倾向于野生（原生自然）的研究状况。对投向身边都市自然环境及田园的文学的想象力展开论证，这是尝试对文学所表象的自然环境进行综合性、总括性的理解。这在美国的文学·环境学会（ASLE-US）的专刊 *ISLE: Interdisciplinary Studies in Literature and Environment* 以及 ASLE-Japan/文学·环境学会杂志《文学和环境》上刊登的诸多论文上也都有明确反映。这种尝试反映了最近二十年的研究不再局限于原生自然，亦涉及都市自然以及田园。这也意味着不仅是"自然文学"，那些处于传统典范不可动摇位置的作家、诗人们也变成了生态批评的对象。

第二，本次会议不仅有日美学者，也邀请了韩国以及中国台湾地区的演讲者参加，强调了亚洲的声音。当然关于自然环境的讨论应该站在全球的视野。此次邀请的不仅有日本作家，还有韩国、中国台湾来的代表性作家，一起探讨东亚的自然观及环境问题。同时还有美国的作家、研究学者发表评论，所以也对比较文化论进行了尝试性探讨。本次研讨会的这两个主题，是为了寻找日本学会作出国际贡献的可能性。ASLE-Japan 自成立以来，其中的一个目标是不仅要研究英语圈的文学，也要把日本的自然文学或者环境文学纳入研究的对象。这次研讨会提供了探索这种可能性的绝好机会。欧美研究学者、作家热切期待亚洲发出的声音。这次研讨会也是响应此号召的一次尝试。

第三，从文学的视点探讨日本的环境教育方式。环境问题不只是行政的、科学技术的问题，也是人的心理和教育的问题。在研讨会第三部分，将从作家和研究者的视角就环境教育问题展开讨论，特别是对文学在青少年的教育上应起的作用进行了讨论。

第四，ASLE-Japan/文学·环境学会的会员们展示了他们围绕总的主题内容所作出的研究成果。研究对象从日本文学到英美文学，以都市·田园·野生为题，日本研究学者们展示了他们独特的研究实践。正如在基调演讲中加里·斯奈德提到的那样，冲绳是海洋文化与大陆文化交汇地，也是混合了东亚南北诸多要素的地方。在个别发表单元，英美文学研究者与冲绳作家崎山多美在思想上进行了深层次的碰撞，为人们思考日本自然认识的多样性以及场所的文化意义提供了机会。本书收录了会上邀请发表的论文以及会后从会员处征集的经过编委会审查通过的六篇论文。征集的论文已放在各自相应的类别中。

研讨会详细的情况见各自的报告。这次研讨会使我们重新确认了自然文学/环境文学这一研究领域的普及性以及新的可能性。与会人员就切合主题的多彩的研究报告交换了意见和看法，许多报告使我们认识到研究领域正在向多样化的方向发展。

此次研讨会邀请了国内外的讲师。国外的有美国的代表诗人普利策奖得主加里·斯奈德、韩国著名诗人高银、中国台湾作家刘克襄、美国该研究领域的引领者内华达大学教授斯科特·斯洛维克、内华达大学副教授切瑞尔·格劳特费尔蒂、作家罗伯特·派尔。日本国内参加讨论的有作家森崎和江、加藤幸子、崎山多美等以及庆应大学巽孝之教授。

此次做基调演讲的加里·斯奈德先生 50 年代后期到 60 年代末期曾在京都居住,到访过亚洲多地,以研究亚洲文化而闻名。他的许多作品对亚洲文化都有深刻的洞察力。他的诗和散文给人的印象是多与原生自然有关。其实他也有相当数量的与都市环境相关的作品。他是站在世界的角度讲述现代自然和人类的代表性的思想家。京都、东京、圣弗朗西斯科、洛杉矶、纽约等地在他诗中都有描述。他视点独特,他没有把原生自然和都市自然分割开来,而是联系起来看。本人认为他是最适合本次研讨会的基调演讲者。

2000 年夏天,斯洛维克教授、野田研一、高桥勤以及山里胜己在内华达大学里诺分校斯洛维克教授研究室里进行非正式交换意见时提议召开本次研讨会。ASLE-Japan/文学·环境学会曾在 1996 年邀请已故作家日野启三、石牟礼道子等在檀香山举办过国际研讨会,对日美环境文学进行了深入讨论。在这次会谈中,大家认识到,其后数年 ASLE 的网络已经扩大到世界各国,自然文学/环境文学及其研究正在向多角度不断深化,研究对象从日美扩大到整个亚洲的时代也已经到来。在此形势下,大家就在日本召开国际研讨会达成一致,并以亚洲为主讨论日美的"自然——都市·田园·野生",在国际层面上围绕自然和文学的活力主题交换论点和看法。

在学会事务局的同事们的无私奉献和众多会员的协助下,本次研讨会历时三年的准备最终得以召开,并圆满结束。协办单位读卖新闻社和琉球新报社都辟出对研讨会进行了特别报道。本论文集发行时,琉球新报社也提供了相关资料,给予了我们极大的关照。在日本现今的经济状况下能召开这样的研讨会实属不易,在此深切感谢各协助单位和后援单位。最后,此书发行时得到了

彩流社的理解以及发行部茂山和也先生的悉心指导，在此表示衷
心感谢。

（ASLE-Japan/文学·环境学会代表）

I 基调演讲

生态学、文学和世界新的无序性

加里·斯奈德/山里胜己　译

冲绳相聚

今天，日本、美国、韩国、中国台湾的作家、研究学者、自然博物馆学者以及学生们云集在此。冲绳岛是琉球列岛中最大的岛屿，自古就位于文化交汇的十字路口。冲绳与中国台湾、韩国交换物品和交流诗歌的历史非常悠久，和中国也长时间保持过高规格的官方交往。这些冲绳人至今都铭记着。史前时期，太平洋及东亚沿岸的文化与经由朝鲜半岛传来的大陆文化在此交汇融合。这里就是海洋文化和大陆文化的交汇地，是东亚南北诸要素混合之地。

过去那霸曾是琉球王国的中心地，现在仍然是冲绳最大的城市，拥有丰富的手工艺品和艺术品。通往首里城的大门上高挂着匾额，上面写着"守礼之邦"。我认为这句话表达的是对全世界友好的态度。

古代的冲绳以热情好客、音乐（特别是和着三味线原型三线所唱的歌谣和旋律）、舞蹈、艺能、刚强不屈的精神以及自立的艺术和文化而闻名于世。而"二战"让冲绳人接触到了美国的文化。虽然巨大的空军基地是横在冲绳面前的难题，但是大多数冲绳人感受到了夏威夷及美国本土的文化运动给战后的冲绳文化带来的创造性的影响。

面对东亚的精灵们，我想高呼，请你们在此地欢迎我们。接下来的四天，欢迎你们与我们共同参加学会。海潮、火山、西伯利亚的微风、太平洋上的暴风雨、深海里的鲸鱼、山中栖息的棕熊、沼泽地里的老虎、森林里的罗猴，以及西伯利亚、朝鲜、中国、日本的丹顶鹤们将和我们一起参加这个学会，当然还有米精灵、薯精灵以及永远的歌舞女神，欢迎你们！

1　世界新的无序性

冷战的突然结束、民族主义、宗教激进主义、发达国家的傲慢、世界范围内环境破坏的加剧、健康和贫困问题的扩大等诸多因素使得国际关系开始进入到"后冷战时代"。这个时代呈现出比冷战后的"新世界秩序"更大的无序性，这种无序性也是由于自上而下的政策造成的。

但是无序性在人类社会中并不是新奇的事。东亚、印度次大陆、地中海以及欧洲都体验过周期性的破坏——国内的专制、国外的榨取、残酷的战争。这些事情多半是由于思想狂热、民族主义者的不冷静、制度化的贪欲所造成的。虽然纷争不断，但人们一直在努力维持和平。世界伟大的文明就是在这样的状况下产生出令人惊叹的文化艺术成果。但是歇斯底里的爆发、突发的暴力、连绵不断的战争使得理想的计划和价值被丢在一边，有时候是永远地被忘却。

现实一点说，世贸中心倒塌和数千人突然间失去生命，这在历史上并不算稀奇的事件。历史上曾出现过很多次的饥荒、疫病、大火、地震以及战争。稍有点智慧、忍耐力和内省力都会对紧急时刻作出正确的政策决定是有帮助的，但是现在掌权的布什政府欠缺历史感，也没有忍耐心。伊拉克战争把我们拖入了乔纳森·谢尔所说的"美国悲剧"中。几乎荡然无存的国际信任度、对英美国民的欺骗、前途渺茫的伊拉克以及以色列和巴勒斯坦的混乱，使我们体验了世界规模的悲剧。

这次基调演讲我将把焦点放在人类社会中看到的自然界以及文学和其他艺术中所表现的自然界上来。现在世界上几乎所有的地区的自然环境状况都不容乐观。布什政府轻视环境的政策最初给人们的印象只是单纯的商业优先政策。但是，2001 年 9 月 11 日以后，布什、拉姆斯菲尔德、切尼一伙以爱国心为幌子企图掩饰他们的反环境主义。亦有部分企业和政府机关欢迎这样的政策。也有一些研究性大学在"9·11"之后改变了研究方向。例如我所在的加利福尼亚大学迪沃斯分校在"9·11"之后为了研究破坏力极大的病毒和细菌，计划建设"有害物质封闭实验室"。这明显是应对美国社会对恐怖分子恐惧日益加剧的举措。

说到文学，有一部分主张欧洲中心主义的学者认为在与近代文学相关的学科中"自然文学"只是一时流行，生态批评主义、"环境的想象力的研究"、"环境伦理"、自然素养、对"野生实践"的关心等等很快将烟消云散。

但是这种情况是不会发生的。因为越来越多的现代人已经意识到人类和人类以外的自然界是一种相互依存的关系。一个社会如果粗暴地榨取环境，对人类也会做出同样的事。自然界和人类的伦理不是毫无关系的。生态学意识渗透进社会带来的结果是对自然与历史相互关联性有了更深的理解，人类对原因和结果有了比以往更加精辟的理解。近年来"环境史"这门学科的研究趋于活跃、深化，它告诉我们应该如何理解世界的自然界和文化。每个国家都有保护环境的政治基础。世界上的宗教也都在分析各自的自然观，并致力于改善与自然的关系。很多国家自古就有很深的崇敬自然的观念。看看日本就能明白在极端都市化和经济加速发展的情况下传统确立的自然崇敬观念是如何衰退的。

但是在过去的四十年间，出现了一些新颖的具有创造性的文章（不是虚构的），这个领域也在努力争取新生。可以说，现在我们在见证卓越文学的出现。关于文学和生态学的理论，我认为许多人继承了雷切尔·卡逊和奥尔多·利奥波德的传统。汤姆·赖安、谢尔曼·保罗、约翰·爱尔德、斯黛芬妮·密尔、劳伦斯·皮埃尔、切瑞尔·格劳特费尔蒂、戴维·艾布拉姆斯、斯科特·斯沃克、捷德·拉斯拉等人的作品中可以看到发人深省的批判性的社会洞察力。还有盖里·保罗·纳布汗、彼得·玛提森、戴维·莱恩茨·沃拉斯、戴维·科曼、道格拉斯·查德维克、里克·博斯、贝利·罗伯斯、理查德·内尔森等人以个人体验为基础创作的写实的或"博物志式"的作品，也值得一读。约翰·马克非也写了众多作品。他运用"纯粹事实"这个魔法，描写了人类出现以前的北美地质学的神话。此外，近年来生态学、地球科学上的进展，积极参与环境问题活动的作家的作品和团体的研究，他们对公共政策决策的贡献以及美国民众层面上与自然环境的密切联系等都是值得探究的，篇幅有限，在此不能一一详述。

我们称之为自然或者"环境"、野生的世界的地方是我们的生息地，我们的故乡，它正在面临着危机。人类作为一个物种是自然界的问题儿童。自然是生命和无穷能源的源泉。人类之间以及人类与其他物种之间如何和谐共存，自古至今一直是我们面临的难题。在这个新的无序性不断扩大的时代，自然界与我们密切相关。实际存在的物理世界是抑制极端狂热无知的最强有力的制动器，这个事实给了我们勇气。"认真做事！从头再来！"这是自然界母亲给我们发出的日常警告。

朋友，不要放弃！

2　打开境域

罗伯特·邓肯有一首题目与此部分标题相同的诗。引用开头的三句：

请允许我经常回到草场

这里就像是给予我精神的宝藏

好像在混沌中守护精神的境域

在"文学和环境"领域里，是允许我们回归草场、森林、沙漠的，它们是给予我们深厚自然的人类精神的宝藏。在那些地方有境域能抑制混沌。这个作用过于复杂，我们难以理解。但是我们首先要记住的是混沌一词本来就是人类发明的。

在此我们稍微讲一下词语的定义。英语"nature"来源于拉丁语的 natura，意思是"诞生、构造、性格、过程"。再往前追溯"诞生"这一词意的语源是 nasci，和语根 nat 结合在一起，意思就是"诞生"，由这个语根又派生出 nation，natal，native 等词汇。在汉语中"自然"（zi-ran）（日语读作 shizen）的意思是"自然而然的变成这个样子"。英语的 nature 用于具有科学意味的场合，指的是物质宇宙及其各种法则。换而言之，自然就是除去"超自然的"以外的"所有物体"。所以我们这次学会的统一主题是"自然——都市、田园、野生"并没有特别的企图。田园和都市都是物质世界的一部分。"野生世界"虽然也是物质世界的一部分，但是它的大部分是不受人类干涉的。由于人类的贪欲和疏忽大意，野生生物世界面临最大的危险。"野生"是一个珍贵的词。它意味着没有人类干预——自然自立的过程和状态。它是一种过程，一种状态，不是一个场所。"原生自然"是被野生流程支配的场所。

"环境"一词在机能上与"自然"具有同等价值。英语的"环境"（environment）是由古拉丁语 viron（把周围围起来）派生而来的。日语的"环境"意思与之大体相同。但是"自然"和"环境"语感是不同的。例如"自然的赞美者"（nature-lover）是一句让人容易接受的话，而"环境的赞美者"听起来总觉得有些生硬。但是这是一句非常有用的话。之所以这样说，是因为它强调了所有的存在不仅构成了自己的环境，同时也是其他环境构成的一部分。我是你环境的一部分，你也是我环境的一部分。佛教哲学认可这样的相互性，环境思想在这方面也做过深入的研究。

　　说到"文学"，我们应该想到文字并不是文学存在的必要条件。文字发明以前就存在着一些只靠口头传承的文学传统。而一些具有生命力的口头传承的文学传统至今仍保留着，包括很多的谜语、格言、神话、带有旋律伴奏的讲述、世俗的歌谣、宗教的吟唱以及无数的故事。其中有很多对自然都有深刻的描述。而这些看起来与我们今天的"自然文学"不同。即这样的口头传承的作品与它们的主题没有距离感，很明显描写的生态是地域——也许是干燥的土地或者是湿润的热带丛林，它们并不是抽象地讲述自然。这样的作品反映了人们的生活方式多与农业有关。还有一些有关狩猎和采集的以及试图探寻与动物之间的相互关系的作品。口头传承的作品中也有一些具有敏锐的洞察力让我们体验到与非人类世界深厚的一体感的作品。如果是在农业社会，野生的生命和村庄里的生命之间，它们的分界线并不是固定的不可移动的。"田园"有一层含义是指某个领域中双方最接近的部分，它被认为是双方共有的，既危险又魔幻的一个空间，是一个无论基于精神上的理由还是经济上的理由都应该去探访的场所。对古代口头传承的自然文学的研究现在正在不断地扩大知识的范围。我们全体人员都是继承者。

　　"生态学"是另外一个关键词。主要的语根是希腊语的oikos，单纯地表示"家庭"的意思。"生态学"原有的意思是指对生物间相互关系以及在有机物与无机物之间流动的能量的研究。而后来一般作为"自然"的同义语使用。我自己使用这个词是为了强调当初科学的含义。

　　我一直在提"世界新的无序性"。那么什么是秩序？我认为

"野生的自然"是秩序的无穷的源泉。被称为现象世界的整体以及基础的数学就有自由的创造性的秩序。站在人类的视点看，艺术、建筑、农业都是建立秩序的规范。在人类看来，这个世界有太多的杂乱无序的东西。但是在非人类宇宙里，从树上掉落的一片树叶也是遵循着整体秩序飘落的。

3 东亚告诉我们的一切

东亚文化具有显著的一贯性和持续性，是极其优秀的文化。日本、韩国、中国大陆和中国台湾地区文学对自然的表象是无与伦比的。

所有的艺术，如祭典、舞蹈、音乐、故事、歌谣等都起源于民众的文化。从某种意义上说，中国五经中最大的书是公元前5世纪的《诗经》。可以称之为东亚的"诗歌之母"。《诗经》大概也是"孔子之母"吧（我很得意自己有这样的想法）。当然这本书的起源是早于文字出现一千年的民谣已十分明确。《诗经》是一本关于自然的书吗？确切地说，不是。书中收录的是描写农业社会的诗，"野生的光景"并不多。多数诗描写的是自然中人们的日常生活，如田里及果园里的劳动，恋爱及求爱，也有一些宴会场面。《诗经》中出现了许多栽培植物及野生植物的名字。东亚的文明没有像犹太教、基督教和伊斯兰教的源流"亚伯拉罕传统"那样把人和自然截然区别开来。亚伯拉罕的这种两分法思想在现在的"一神教"中仍然根深蒂固。接受了西方教育、公开宣扬世俗主义的大部分人现在还没有把自己从这种二元论中解放出来。而东亚从最初的民间信仰到道教、孔子的教义，乃至大乘佛教的时间和哲学，以及日本的神道，一直都把人类视为自然的一部分，且认为人类与高等脊椎动物有亲缘关系。达尔文的进化论是一本揭示地球上生物存在状况的典范之作。在日本、韩国、越南、中国大陆、中国台湾地区的所有大学都开设了这门课程，当听说美国教育委员会禁止学校教授这个学说时，这些国家的人都感到很吃惊。

也许会有反面的说法就是因为东亚的人很容易把人类看成是自然的一部分，所以人类无论做什么都觉得是很自然的事（这样的说法也不无道理）。因此对初期的乱砍滥伐和物种灭绝，人们并没有感到不安。他们认为这完全是自然自身的粗暴行为造成的。也许和象群扯断它们的食物——树木的枝干的行为一样没什么不同。这是我在波瓦那亲眼所见的景象。《诗经》中大多数诗都是温情的、写实的、充满愉悦以及天真烂漫的。日本最古老的诗集《万叶集》中弥漫着应该称之为世界黎明的氛围，里面歌颂了恋爱和孤独，描写了平安时代初期，一个人在野生的光景里长途旅行的情景。诗中描绘的是变成农田之前的野生的草地和长满芦苇的沼泽等低地的光景。像这样描写草原湿地的作品在后世日本的诗歌中已经消失了。诗中展现的光景在几个世纪间是如何变化的，这本身就可以作为研究的对象。

谢灵运（385—433年）是最早的有意识地描写大自然的诗人。他大胆地探访中国南方的险峻群山，还写出了描写山中生活的散文长诗。现在以英语为母语的读者可以读到澳大利亚学者A. D. 弗洛德·夏姆翻译的谢灵运的抒情诗。唐代以后，中国很多优秀的诗人开始写描绘大自然的抒情诗。戴维·谢尔顿最近编纂了一部"中国田园诗"的诗集，题目为《大山·家园》，由纽约的汇点公司出版。书中不仅收录了王维、杜甫、李白、白居易的作品，还有许多其他诗人的作品。这是一本真正收录了中国一流诗人作品的诗集。但是他们并不是真正意义上的"田园诗人"（其中有些人在中国被称为"田园诗人"）。中国还有一些散文作品更应该引起我们密切的关注，包括优秀的游记、地理地质学的散文、土地调查报告等。这些作者同诗人们一样在韩国和日本具有很高的知名度，其中有一些人对后世的影响深远。

在日本近世自然诗的流派中，最先在我脑海中浮现的是俳句的传统，可以说它是真正的"自然的传统"。同时它也是一种严格聚焦的艺术，即有关四季的词汇和不同植物的象征意义非常系统化。即构建社会的事物与诗意的自然光景在俳句中相遇。俳句中包含了无数充满洞察力的小品文。虽然存在某种局限性，但它告诉了读者很多关于植物、季节诸相以及自然现象的知识。最近白根春夫在美国出版的《芭蕉的风景——文化的记忆》（斯坦福大学出版社）向我们展示了俳人们在社会经济生活以及交往方面许多新鲜有趣的事实。

韩国现代诗人高银完成了把古代的《诗经》与 20 世纪现实主义结合起来的任务，这完全得益于高银的中国文学知识和韩国民谣知识，以及他对禅的实践。他用英语写的诗集《我的波之音》是一部极富人情味、根植于农村生活的令人愉悦的作品。

东亚有很多有名的诗人都受到了禅的影响，并亲自深入地实践。东亚艺术随处可见禅的影响。从环境的观点来讲，佛教的不杀生教义给了人们深远的影响。也许不杀生对于经济发达的近代工业国家来说不是一件容易的事。东亚的工业及其扩大对环境造成了巨大的破坏。特别是第三世界国家近年来森林破坏尤其严重。我们期待着现代人能够向亚洲过去的优秀作品学习，创造出超越前人的更加优秀的自然文学。它必须是这样的文学：祝福我们所赖以生存的大自然的神奇，同时能够运用丰富的科学知识和打着进步与世界经济的旗号进行大规模破坏的行为作斗争。

4　生态学的规范

"自然"和"环境"的基本意思都是"存在的事物"，因此是比较乏味的用语。它们无色或者带点绿色（环境的颜色可以是血一样的红色、树汁一样的琥珀色、天空一样的蓝色）。自然或者环境作为用语给人以"场所"的印象。"生态"同"野生"一样，有"过程"的意思。"生态"一词是指经常流动的充满活力的过程。这个词把我们从世界是在时间中创造出来的，现在正在衰退并即将耗尽的古代世界观中解放出来。把我们的思考从钟表、机械以及电脑等事物的世界引导到"过程世界"——世界是在每一个瞬间中不断地创造出来的。东亚哲学中与此相近的是"道"。

生态学领域包含的要素有人口变迁、动植物变迁、捕食者与被食者的关系、竞争与合作、食物链、生态系、生态系中流动的能量等等。这些只是初步的东西。过去的两三年里，我从森林生态学中学习了很多有关美国西部森林诸问题的知识（我还请教了这方面的专家，我的长子卡尔·斯奈德）。特别是对于自然系统的活力、无休止的扰乱以及气候变动的影响等我有了较为深刻的理解。

什么样的诗歌和故事能够从生态系内部能量中获取力量？假设我们从事的文学与小说的历史是平行的，我们恐怕会厌倦熟悉的人物和有趣的情节，更想深入到出场人物的内心世界，去接近他们的执着、乖戾和秘密。我认为我们现在已经到达了这个阶段。我们开始探求自然的阴暗部分，例如是什么样的能量带来了夜行性、寄生及腐烂等。因为"生态学"一词有能量交换以及相互关联的含义，所以其他领域也用于比喻。我们当然可以说"想象力的生态学"、"语言的生态学"等诸如此类的话。"生态学"是一个重要的"略语"，它给我们指出了不停流动的这个世界的复杂性。

最近读了乔治亚大学出版社出版的捷德·拉斯拉著的《这堆混合肥料——美国诗的生态学规范》，收获颇多。关于文学和自然，这本书是对劳伦斯·皮埃尔的《黄金的想象力》一书的有益延伸，同时进一步分析了现代诗学（最正确的意义）的生态学领域和实验性的侧面。在书中，作者分析认为腐烂与丰饶的比喻以及腐殖土与营养的比喻对于语言和艺术来说是决定性的，不可或缺的。他还举出沃尔特·惠特曼（《这堆混合肥料》诗的

作者）、艾米丽·狄金森、亨利·梭罗和乔治·桑塔纳亚等人作
为例证。梭罗曾经说过"腐蚀的文学是最肥沃的土壤"。

拉斯拉书中还提到了散发着野生和科学能量的埃兹拉·庞
德、查尔斯·奥尔森、黑山派诗人和颓废派作家们。还特别对迈
克·麦库、罗杰姆·罗森博格的民族诗学、克莱顿·艾斯莱曼的
《深奥·历史》、保罗·夏伯特的《回归更新世》、格雷格里·贝
特森的《精神的生态学》以及我自己的《野生实践》和《给想
象地球未来的人们》的思索做了分析。但是我对拉斯拉著作的
贡献不是上面提到的书，而是他从我更早前出版的随笔《诗·
共同体·顶峰》中引用了一部分内容。以下是其中一小节：

> 有机堆积物的循环能量通过霉菌和昆虫等的作用下得以
释放。如果以此为前提，那么也可以说极相森林与生物群系
的关系、能量循环与霉菌的关系同启蒙精神与日常精神、艺
术与尚未雕琢的内部可能性的关系是一样的。当我们能不断
挖掘自己、正视自己内心、理解自己的时候，我们就是一个
成熟的生态系。停止吞食感觉、错觉、战栗等"眼前的生
物量"，再度审视存储在内心的记忆群、不断摇动的梦以及
日常意识的有机堆积物，只有这样我们才能把自己从精神的
堆积物、能量中解放出来。为了全社会把尚未感受过的体
验、知觉、感觉以及记忆融合起来，这就是艺术承担的任
务。艺术不是像花一样出现（如果要用比喻的话），而是像
蘑菇一样。无数的菌丝在土壤中广阔地扩散，与周围所有树
木的根毛相连，结出果实。"子实体"就像是诗人完成的作
品，同时意味着艺术家又再度参与到能量循环周期中。也就
是说艺术家通过内省再创造的东西形成作品，再把"启蒙
思想"返还给社会。

伴随着各种语言、迁移以及茫然流逝的时间，人类的历史就像是

堆积着厚重有机物的林床。在这里新旧交汇，古老的愤怒被再生处理，古老的配方被再度发现。在现在"这个瞬间"的舞台上不断反复地上演着不灭的神话。如果遵循"生态学的规范"，我们必须认识到无论现在我们面临的是什么样的危机，它都是古老的大模式的一部分。虽然如此，生物种类、语言、习惯并不是只有一种，尊重多样性也意味着遵守"生态学的规范"。

学问就是把铁锹插入堆积深厚的语言和记忆的混合物中不断地翻转。创作也几乎如此。更多的想象力、直接体验以及无法避开的"这个瞬间"加入到学问的成果中进行混合。身为作家、学者的我们并不是只从事有关环境的工作，或许也不只是为自然申诉而存在，我们的工作是清楚地反映我们自身中野生的健全。

大都市充满了能量，有排水设施、运输手段、公共会堂、公园以及完善的垃圾处理设施，说起来它和达到极相的生态系统很相似。使用这里列举的连接的各种各样的事物来创作诗歌和故事是艺术家的工作。也许能写出超级城市的俳句。

5　表演是金钱

独一无二的日本传统戏剧——能是世界上最高的艺术形式之一。"能"是指"演艺熟练"。能的创始人世阿弥写了许多文章讲述如何成为熟练的演出者。也就是学习或阅读故事的背景，关注其他演员，实际观看他们的演技，然后是练习、练习、再练习。世阿弥还指出经过长年的练习后演技就能达到无我的自由的境地。多年后自己都惊异自己拥有这样的能力。热衷磨炼技巧的诗人、艺术家懂得技巧的重要性，这是很有意义的。能这种艺术的精华是为什么而存在的呢？

禅僧的诗里有这样一节：

月光洒在河面上

风儿穿过松树的枝条

美丽的长夜为谁存在？

（选自《证道歌》）

表面上，能剧是为了拥护艺术的贵族和身在高位的武士们所做的表演，但是从精神层面上讲，能的演出是为了每个人都有的柔软深邃的真正的精神。

有一次在阿拉斯加，一位女性向我提出了下面的问题，"我们吃动物，歌唱动物，描写动物，骑动物，做有关动物的梦。如果人类能善待动物，好好地利用动物，那么动物可以从人类这里得到什么回报？"这个问题提得非常好，是站在动物的视点上的单刀直入的提问。我当时是这样回答的："阿伊努族人说：'听说鹿、鲑鱼、熊喜欢我们的音乐，着迷于我们的语言。所以我们打渔狩猎的时候，会为它们唱歌，和它们说话并奉献感谢的祈祷，也举行仪式和祭祀。'在深层社会的礼物经济中歌舞等表演是被当作金钱使用的。"接着我又加了几句，"自然的非人类社会对人类抱有好感，它们希望现代人类不要尽做一些血腥的事，而是做一些更互惠的事。动物们实际上对人类充满了关心，认为我们是了不起的音乐家，也许它们在想人类有一对多么漂亮的耳朵啊"。

我这段半开玩笑的话想要表达的意思是：人类拥有的对娱乐的狂热、我们的艺术与音乐才能以及作为祭祀者和仪式者的我们所拥有的能够引起敬畏之念的威严，大概就是人类对这个星球的生态作出的贡献吧。因为只有这样，人类才能取悦这个一直关注着我们的野生世界。

批评家兼作家罗纳德·格莱姆斯对我这个怪异的想法很关注，以此为基础创作了实际的"表演"。格莱姆斯将其命名为"表演是深层世界礼物经济中的金钱——为世界医药展所做的咒文"，论文发表在 *ISLE*（2002 年冬季号）上。格莱姆斯做过教师、演员、宗教学者，丰富的人生经历使我无需做过多的说明，他就像萨满法师一样用大乘宗教直观的语言很好地诠释了我的观点。

什么是礼物经济？这是对生态学的另一种解释。我们所有人都是大型聚餐会邀请的客人，我们自己也最终会变成别人的食物。阿伊努族人据说在吃鹿肉时会对着在近处停留等着观看人类表演的鹿的精灵们大声地唱歌。在佛教的精神的生态世界中也教导我们首先应该放弃自己的自私。古印度吠陀经里的哲学家们说神最喜欢牺牲，在牺牲中最让神高兴的是人类扔掉自私。这事虽小，却是瑜伽、佛教中严格的自制精神的重要基础。道元也有一句名言"学习自己即忘掉自己，忘掉自己为万法所证"（舍弃"悟道"是唯一一个比舍弃自私更大的牺牲）。

能够自己下定决心舍弃悟道的是菩萨。在波利尼西亚的几个村落过去一直存在着被称为"大人"（big person）的人。在村中最受尊敬却没有任何财产的他或者她接受馈赠后就会马上转送给他人。这就是礼物经济的核心。它不是贪婪攫取世界而是珍惜世界的经济（甘地曾说过，对于贪欲，即使拥有整个世界都不满足）。艺术没有从世界夺取任何东西，它是礼物、交换物。艺术给世界营养。各种艺术、学问、老人的智慧、慈悲的心肠能够使市场混乱、帝国动摇，能够打开并呈现我们眼前的人类和非人类社会的实态。表演是流动的艺术，是在瞬间演出的肉体化的艺术，它本身就是自然。

　　　　"水面微波——

　　　　因水下游过的金鱼而起

　　　　非微风拂过带来的微波"

　　　　波浪上疾走的羽毛一枚——

座头鲸一边吞食鲱鱼群
一边在大气中跃起
——自然不是书，是一场表演
是高度的、古老的文化

被削掉、被抹掉、被多次重复使用
是常常发生的新鲜事
草原下面隐去身形的河流
汇集的水流

广阔的荒原
屋子，一间。
原野中小的屋子、
屋中的原野、
两个都忘却吧

自然是无性的

两者合一、一间巨大的空屋子

（《水面的微波》，金关寿夫　译）

译注：译文译自 *ISLE：Interdisciplinary Studies in Literature and Environ-ment* 11.1（2004 年冬季号）第 1—13 页上登载的改订版。

II 自然──都市・田園・野生

环境文学的丰富性和多样性探索

主持　山里胜己

2003 年 3 月 5 日
研讨会 1　　"自然——都市·田园·野生"
讲师　斯科特·斯洛维克（内华达大学里诺分校教授）
巽孝之（庆应义塾大学教授）
切瑞尔·格劳特费尔蒂（内华达大学里诺分校副教授）
罗伯特·迈克尔·派尔（美国作家）

本次研讨会将全部用英文发言。本板块和此次研讨会整体的总标题是一致的。以此为题的主旨是试论环境文学的核心主题。近年来环境文学研究的关注点不再只倾向于原生自然。于是出现了不少强调都市自然的作品和研究，而都市自然一向被认为是与"中间地带"的田园和原生自然对立的。这些就是设定这个题目的背景。以环境文学批评为对象的作品和流派也打破了以往的框架，呈爆发式扩大。所以也是为了应对这种状况而设定的。

从最近发行的研究书籍中也能明显看出这种倾向。例如，Michael Bennett 和 David W. Teague 编的 *The Nature of Cities and Urban Environment*（1999）以及 Karla Armbruster 和 Kathleen R. Wallace 编的 *Beyond Nature Writing：Expanding the Boundaries of Ecocriticism*（2001）把读者的注意力转向了"都市、郊外、农业

地域"。可以看到分界线越来越模糊的同时扩张确实在继续。
Laura-Anne Bosselaar 编辑了诗集 *Urban Nature*: *Poem about Wild Life in the Cities*（2000），从其题目就能感觉到某种挑战性的意味。

当然必须要指出比这些发行物更早的应该是 William Cronon 编的 *Uncommon Ground*: *Rethinking the Human Place in Nature*（1995）。该论文集以作者自己的论文《原生自然思考时期的到来》为开篇，尖锐批评了把原生自然圣域化的言论，指出了圣域化带来的问题。还有卡罗琳·麦茜特认为把原生自然与伊甸园神话联系在一起归根结底和环境运动中白人男性主导的传统不无关系，她分析了约翰·缪尔以及西奥多·罗斯福，指出 17 世纪的西方文化运动受"堕罪和伊甸园回归"这个"庞大故事"所支配。这是站在女性生态保护运动的视角力求解构原生自然神话的论证。

可以说以这个时期为分界"纯粹无垢的自然"原生自然以及被神化了的自然像解体，新视点导入。笼统地说，不仅是存在于遥远境域的自然，包括构成社会的自然都被列为分析对象。20 世纪 90 年代中期这种动向变得活跃起来。在此潮流中，人们对都市自然的兴趣开始高涨。例如劳伦斯·皮埃尔的 *Writing for an Endangered World*: *Culture and Environment in the U. S. And Beyond*（2001）先分析了惠特曼眼中的都市环境，特别是伦敦问题。紧接着转而分析大西洋彼岸在都柏林徘徊的布鲁姆的都市环境以及弗吉尼亚·伍尔芙的伦敦。进而又对生态地域主义者威廉·卡洛斯·威廉姆斯做了分析。这是用生态批评主义的理论对现实主义诗人威廉姆斯进行大胆的再解释，也可以称之为新的收获。是试图对写出"本土的东西才是唯一宇宙的东西"的威廉姆斯作出恰当的再解释。

以上简单概述了近年来，环境文学的一些倾向。原生自然作为研究对象已丧失了特权地位，田园及都市自然作为分析对象一起浮出水面。伴随而来的是生态批评的框架不断扩大。什么是自然环境？对于这一难题并没有确切的答案。或许这就是这些现象发生的背景。都市、田园、野生之间的境域平衡是通过这些辩论获得的。

关于研讨会1的背景就谈论这些。下面我想简单介绍一下各位成员的发言。

斯科特·斯洛维克提出了"感觉生态"这一关键词，并站在这个视点上论述了美国南部的作家们，如福格纳、托马斯·沃尔夫、詹姆斯·迪基等。他打破了以往现实主义的框架，分析了这些作家身上的"感觉生态"，论点新颖，涉足了生态批评从未踏入的领域。发言生动活泼令人印象深刻。

巽孝之以"自然文学的内宇宙——梭罗、巴拉德、日野启三"为题，从广阔的视角对 J. G. 巴拉德、F. 司各特·菲茨杰拉德、日野启三以及亨利·戴维·梭罗进行了比较研究，同时论述了自然文学的"内宇宙"，指出了日野作品里的都市自然的特质。他一边论述了美国文学和日本文学存在深层的联系，一边暗示了自然文学研究丰富的可能性。这是一个极富启发性的发言。

切瑞尔·格劳特费尔蒂采用幻灯形式讲解了最近发行的两本介绍内华达的书，两本书可以说都是文章与照片相结合的产物。她批评了生态批评主义自我限定于文献及文学文章的倾向，尝试以照片与文章的结合作为分析对象，并提出了这一新方法的可能性。

最后是罗伯特·迈克尔·派尔的发言，题为"经验的灭绝——向都市自然学习"（在本书中被收录在研讨会3中，但在本次研讨会上他是研讨会1的小组成员。论文内容与研讨会3有重合，所以为了强调他的主张，最终将论文收录在研讨会3的部分）。派尔论述了城市的孩子们自然体验的丧失（经验的灭绝）。他提出我们有必要保全孩子们在都市中的"自然生息地"，因为在那里孩子们能够发现世界。发言获得了与会者的共鸣和欢迎，围绕都市中的野生自然与孩子们的成长，进行了气氛活跃的质疑解答。

研讨会1探讨了环境文学的丰富性和多样性以及新的方向性，对将来的研究有很大的启示作用。

自然文学的内宇宙

——梭罗、巴拉德、日野启三

巽孝之

1   漂流至海滨

　　每次思考自然与文明的相互作用时我总会想到隐藏在文学史深层的其中的一个文化史。就是约翰·罗尼所说的捡拾漂流物的人即打捞员（wrecker）的历史。他们是真正在都市和田园以及荒原的夹缝中流浪生存的人。如果放到今天，被放逐的工匠、后现代的勒德派分子以及以计算机黑客而闻名的种族，他们都可以被视为打捞员的遥远后裔。1997 年我在写《恐龙的美国》时思考过这个问题并做过简单的描述。本文以当时构想的模式为前提进行批判性发展性的尝试。从 19 世纪美国浪漫主义文学家亨利·戴维·梭罗到 20 世纪前期美国爵士时代的明星 F. 司各特·菲茨杰拉德、20 世纪中叶英国新浪潮科幻小说的旗手 J. G. 巴拉德乃至到 20 世纪后半期站在日本文学最前端的日野启三，重读他们的作品可以发现贯穿其中的打捞员们家谱所编织出的内宇宙。

　　梭罗认为海滨是动物界与植物界神奇交汇的时空间，即所谓的天然的废物堆积场。这在他的作品《科德角》中有最深刻的洞察。我就先从这部作品讲起。打捞员们将在海滨的那些无意义的断片群捡拾起来进行有意义的再利用。他们把自己比喻成文蛤，只有他们才是"真正的海滨之王"（第四章"海滨"）。

梭罗从这些被放逐的工匠的行为中发现了世界的真理：

> 贵重物品遗失需要登广告。虽然有遇难船只货物管理官，他们的任务就是寻找贵重遗失品，但是大多数有价值的物品确实被偷偷运走了。但是我们大家和那些在自己的海滨捡到的宝物就占为己有的打捞员有什么不同呢？还有，世间一般的谋生方式难道不会让我们想到诺赛特和巴尼加特的打捞者们的习惯吗？
>
> 大海是广阔的野性的，它把人类技术产生的废物和遗骸冲到了非常遥远的岸边。到底有没有大海吐不出去的东西？大海是不允许任何生物静止不动地待在其中的。就连盘踞在海底深处的文蛤也不例外。（第六章"再次回到海滨"，第929页，着重号为引者所加）

单从上面加点强调的部分就可以清楚都看出梭罗试图把打捞员的生活再定义为人类普遍的方式。在梭罗晒日光浴的海滨，废墟是海洋生物与人工物品都会漂流而至的令人不快的中间地点。打捞员们好像自身也非常质疑这种区分，他们把打捞上来的物品进行再生利用。我们再回头看看《科德角》这部作品。文章开头描写了发生在科黑瑟的140人生命被夺走的"沉船事故"。夏秋之交，数百头的巨头鲸被冲到了海岸上，它们的头和脂肪部分早已经被取走。这个章节通过打捞者的行为反射了无论是在人工的还是自然的力量下"世间一般的谋生方式"（the common modest of getting a living）已经脱胎换骨，同时古今中外大量的先行作品也给梭罗本人全新的写作方法论带来了敏锐的洞察力。

这种读书方法把我们带到了距《科德角》发表已经过了半

个多世纪的 1940 年爵士时代的宠儿 F. 司各特·菲茨杰拉德的遗稿，那篇未完成的长篇小说《最后一个大亨》的结尾。从作家亲笔草稿中我们了解到了故事发展的构想，主人公大富豪门罗·斯塔乘坐的飞机坠落，在现场的孩子们掠走了大富豪携带的物品：

> 一群孩子出去郊游。其中三个孩子离开了领路的老师。三人中，少女弗兰西斯偶然从散落的飞机断片中发现了发动机和飞轮。接着她又拿起了女演员用的钱包和旅行包，里面装着很多她做梦都未曾见过的奢侈品。甚至还有宝石盒子。她高兴极了。

> 这时，吉姆发现了门罗·斯塔的公文包。这正是他一直以来就想拥有的东西。尤其是门罗的包是豪华的皮包，很多的旅行用品都掉出来了，很明显所有的都是只有大富豪才会有的物品。（oxford 版，ⅹⅲⅰ页）

在盖茨比之前的正统浪漫主义者梭罗在《科德角》中描写的鲸鱼所代表的漂流物与聚集而来的拾荒者们完成了重大的转变，变成了菲茨杰拉德从《伟大的盖茨比》到《最后一个大亨》过程中所创造的大富豪与聚集而来的顽童们。19 世纪鲸鱼代表的自然到了 20 世纪已经完成向作为传媒大亨的富豪的另一个自然的转变。这种构图在 J. G. 巴拉德 1946 年发表的短篇小说《溺水的巨人》中又有新的发展。作为英国新网科幻小说的旗手，巴拉德一直致力于创作内宇宙而不是外宇宙的思索小说。

在这部极其卡夫卡式的思索小说中，漂流到岸边的既不是恐龙也不是鲸鱼，而是如题所说的巨人。但是对于事态发生的背景以及具体的科学依据文中完全没有提及。巴拉德的兴趣点不是"为什么这样的巨人会漂流过来"，而是"漂流来的巨人身上发生了什么"。于是他仔细地追溯了整个过程。人们在巨人周围聚集，很快就开始不断地切下肉体的各个断片，拿到镇上销售：

> 首先是膝盖和手肘，接着是肩部和大腿，四肢逐渐被切
> 割下来。巨人的残骸和头与被切掉的普通的海洋生物鲸鱼之
> 类的没有什么不同。……而他的伟大的阳物将在正在西北部
> 巡演的马戏团的杂耍小屋里度过余生。……令人觉得讽刺的
> 是他被误认为鲸鱼。实际上大多数市民即使还隐约记得巨人
> 的话，在他们的印象中那也只不过是一头巨大的海兽。（第
> 15—17 页，引用者加点）

"令人觉得讽刺的是他被误认为鲸鱼"单纯从巨人的利用法来
看，在这里巴拉德承袭了梭罗的海滩拾荒人的原理。实际上，漂
流到岸上的巨人尸体被人们改头换面拿到都市的市场上销售。虽
然看起来有人类的轮廓，但对人们来说，他只不过是"大的海
兽"，一旦在自然中被捕获就只能是应该在资本主义经济活动中
循环的商品。过去的鲸鱼相当于现代的巨人，这个现代的寓言生
动描写了传统的自然与文明的相互交涉，极具弗朗索瓦·拉伯雷
式的荒诞的现实主义哄笑使文章增色不少。

巴拉德 1930 年出生在中国上海，现在在伦敦郊外的谢伯尔
顿生活，是地道的英国人。但是这里吸引他的绝不是牵强附会的
东西，因出生在上海，巴拉德原本对日本就有亲近感，他一直致
力于探求内宇宙。他的"新浪潮"科幻小说，自 20 世纪 60 年
代以来，长期以各种形式不断地表象及批判美国这一"巨大遗
物"。对巴拉德来说，从对阿波罗计划所代表的外宇宙开发正面
否定的内宇宙概念本身就是反美主义的意识。他的许多中短篇小
说如《我的飞往威克岛的梦》、《死亡的宇航员》、《火星来的信
息》以及《梦幻社会》中所描写宇宙飞船、飞机以及飞行员的
坠落、失败和死亡等无一不隐喻了外宇宙的结束，同时也是作者
的思索在内宇宙天空飞翔的契机。如果说在现实的海滨上对遇难

船只或遇难者的遗留物的再利用是从梭罗走到了菲茨杰拉德的话，那么可以说巴拉德通过将漂流而至的断片群脱胎换骨从当初的内宇宙海滨到人类无意识的内心深处，构建了一个巨大的文学宇宙。

2　日野启三的内在自然

在思考关于在自然与都市相互关系的思索深度上最接近巴拉德的内宇宙文学的现代日本文学时，就不得不提与他同时代的我国为数不多的形而上学小说家日野启三。

日野启三 1927 年 6 月 14 日出生于东京，"二战"时期，在日本占领的朝鲜度过了小学和中学时代。1952 年从东京大学文学部社会系毕业后很快进入读卖新闻社工作。1964 年到 1965 年作为外报部特派员常驻越南。在越南战争进入高潮的 1967 年又再度对越南做了短期访问，写了相关报告。50 年代，他在文艺评论上就开始崭露头角，1967 年他的最早的文艺评论集《存在的艺术》和《幻视的文学》相继发行，第二年（即 1968 年）又一部作品《虚点的思想》问世。他的小说家生涯开始于 1965 年，他结束了越南特派员的工作回到国内，拥有独特越南体验的他创作出的短篇小说集得到了极高的评价，1974 年凭借《那夕阳》获得了第 72 届芥川龙之介奖。之后，担任读卖新闻编委会委员的他更加引人注目。他获奖无数，主要的有，1982 年长篇小说《拥抱》获得泉境花文学奖，1986 年长篇小说《梦之岛》获得艺术选奖文部大臣奖，《像沙丘般移动》获得谷崎润一郎奖，1992 年短篇小说集《断崖之年》获得伊藤整文学奖，1993 年长篇小说《台风眼》获得野间文艺奖，1996 年长篇小说《光》获得读卖文学奖。日野启三几乎获得了日本全部的主要文学奖项，这是非常难得的。据说他为之倾倒甚至积极吸取影响的是菲利普·K.迪克以及追求内宇宙的巴拉德。这个事实让我很有兴趣。

自然是一个城市，城市是一个自然，这种双向的认识始终贯穿在日野的文学里，而多数作家只能实现其中之一。无论是将技术论的空间视为自然的推理幻想小说还是在自然这个参照框架内部批判言论构造体的自然文学，这样的例子不胜枚举。除了前面提到的巴拉德、迪克、托马斯·品钦，日野还专注于研究艾米丽·狄金森、卡洛斯·卡斯塔尼达以及格雷格里·贝特森。在自然和都市自由交错的海岸、被冲刷带来的漂流物内部，他甚至幻想一个神秘的瞬间。是无宗教时代的启示？还是超绝主义的唯物论？他的描写神秘瞬间的独特美学，如果因袭的不是反浪漫主义的现实主义，也绝不会是尖锐的坏品味或神秘主义，里面蕴藏着对治愈和生命力的希求，这些东西极易被排除在当今日本感性之外。

日野启三晚年的作品有许多足以与世界文学为伍的杰作。如在《群像》1997 年 1 月号到 1999 年 3 月号上连载的长篇小说《天池》。这是一个发生在某个秋天，以位于关东平原西北、群马往日光方向国道沿途的一个小湖为中心展开的令人炫目的内宇宙的故事。那里给人印象最深的是作者过去也曾见过的伸向湖面的"乘船浮台"。

小说的中心是管理经营建在湖边的民宿的一家人。乍一看似乎没有什么与众不同，但是他们各自都有本质性的灵魂创伤。一家之主的老人，无论那些大的旅游开发公司如何劝说，绝不肯放弃土地的权利。虽然是被视为"一湖之主"的家长，他并没有从妻子投湖自杀的阴影中走出来。老人有三个女儿。长女阿希因过去失恋加上手烧伤，一直萎靡不振，之后和一位以前做过越南从军记者的住客产生了新恋情。二女儿朱美虽然和丈夫共同经营民宿，却和青梅竹马的国语老师保持着失乐园般的不伦关系。小女儿夏子与姐姐们年龄相差较大，还是个高中生，三岁时母亲去世，而今在雷电交加的夜晚又目睹了年老的父亲与东京来住宿的女客人一起跳水自杀的场景。在这里如果介入具体的罪犯和杀人事件之类，很快沦为星期二剧场常见的那种推理剧的氛围。但是故事的中心始终是这个湖，并且给人们另一个神秘的契机去探访雷声中被受伤的犯罪意识所折磨的每个人的内心。聚集在此处的人原本心里就有很深的伤痕，打雷使他们为了得到治愈走入湖中。从这种意义上说也许可以把《天池》当作与众不同的推理小说来读，正如共关福音书同样也可以作为另外一部推理小说来读一样，扮演侦探角色的不是知性的人类而是神秘的自然，它照亮了现实的黑暗。

长女和原从军记者的恋爱故事可以说是这个小说的核心。这个老姑娘从小就是个问题儿童，给她母亲带来了不少麻烦。在东京读大学期间，她找到了情投意合的恋人，幸福得发狂。因此当恋人提出分手时，对她的打击是巨大的。在恋人面前她冲动地烧了自己的左手。她一听到他说分手，就立刻把手放在了餐桌上的红色蜡烛上说："你如果不答应和好如初，我就不松手。"（第180页）

失恋事件过去了很多年，长女认识了来到民宿投宿的原从军记者。他从对方左手的伤痕想到了自己心灵的伤痕。这起因于他过去在金边目睹的平民大屠杀，他实际体验了战争中极端疯狂的人类的行为，即"超出了以往心里所描画的冷漠范畴的人类行为"。这种述怀是初期日野文学特有主题的反复和扩大。"人类界限的'另一侧'吸引我进入，我不断地奔波寻找废墟和大屠杀现场，写进文章里，拍到照片里……难言的恐惧和战栗让我一直发抖。不能断言与我共鸣的人完全没有，还有我总是不由自主被越界的事所吸引，这就是我的伤，不，也许是生来就有的缺陷。"（第114页）

正因为如此，所以当她在月光下主动亮出结疤的伤痕，心灵受伤的男人把手放上去的时候，编织出一幅多么美丽的画呀。接着是故事的后半段。湖区打雷，在多年来她一直喜欢的"我的树"、"连接天与地的心中的树" 被烧毁的瞬间，人自身被剥夺了依靠，悲哀与欢喜交织的崇高的情景与微观宇宙和宏观宇宙同时呼应。——"过去是小蜡烛烧手掌，现在是大蜡烛烧灵魂。"（第 247 页）

该书含末章共八章被构想成不同的风景画。这种手法很像作家很早就喜欢的一位美国东岸画家安德鲁·韦斯笔下的新英格兰，看似普通的风景背后，隐藏着历史的黑暗和艺术家本人内心的黑暗。这部书也同样是这样，在以湖为中心的自然风景的内部捕捉到某个触及真实的瞬间，作家暗示了自越南从军记者时代起这个人物在现代史本体中膨胀起来的内宇宙的骨骼。

3　自然文学作品《光》

日野启三 2002 年 10 月 14 日去世，享年 73 岁。一般说一个作家的遗作，是指死前不久刚完成的作品。但是在对自然文学内宇宙的考察做总结时，我还是想以作家于 1996 年出版的长篇小说为例。《光》被誉为巴拉德系新浪潮的巅峰之作，是自然文学的收获。作者晚年一直致力于把《光》改编成歌剧，他请来英国文学研究巨匠高桥康也做编剧，现代音乐家一柳慧作曲。可惜的是 2002 年 6 月负责剧本的高桥先于作者过世。虽然《光》在制作道路上受到了致命的打击，但是在一柳慧的努力下，作品被改编成一部出色的歌剧于 2003 年 1 月 17 日到 19 日期间在新国立剧场上演。

舞台是在东京多摩市近郊的某精神病院的院子里。主人公年近四十的男人米达（原作中叫关）正注视着火红的夕阳。他是巴拉德式的受挫的宇航员的典型，从月球回来后，患上了逆行性记忆丧失症，正在住院中。所谓逆行性记忆丧失症或者叫逆行性健忘症是指虽然过去某段期间的记忆完全遗失，但之前的记忆和知识以及现在的行动和思考基本保持正常的一种病。"只是记忆中的一部分不知道怎么回事是空白的，现实感觉极度不安。"
（第 28 页）

照顾他的只有中国籍的护士黄（原作中叫黄慧英）以及频繁来访的政府宇宙开发局的石田科长（原作中叫石切科长）。在新资源开发需要宇航员的时代，他自己也不能接受宇航员精神异常的事态。在原作小说中，他带着嘲讽。——"阿波罗计划已经是半个多世纪前很久远的事了。那时可以说是英雄冒险的时代。就像秘境探险一样多少出现几个牺牲者还是有戏剧价值的，但现在不同了。将来更不同。普通技术员、学者、做企业的人为了获得资源，出于商业目的去月球，变成了像观光客陆游一样。并没有特别的事故却说我精神异常，那可不行。"（第 54 页）

不久米达在护士黄的陪伴下，经过长长的台阶来到车站前的广场，他自言自语道："我感觉好像在台阶上想要作出什么决定。"原作中是这样写的："从这里一直盯着银色的光柱看，感觉像被吸进了天空里。那时我感觉自己下了什么决心。应该是下了决心。……那个决心是什么完全记不起来。感觉像不关我事似的。脑海中只能浮现出令人头晕的冥思苦想的感觉……"黄和他谈起故乡中国泰山北部的济南时，他似乎抓到了回想过去的线索。她说泰山到了现代才以旅游胜地闻名，而在遥远的古代"在山顶举行祭天仪式"、"古代的皇帝就是在这里升天"（第 13—14 页）。不知是不是这个原因，米达迫切地想找回真正的自己，他逃离了医院，在新宿的流浪汉居住的地方彷徨。

最后真相大白，主人公的逆行性健忘症是他做宇航员时在月球表面目击的强光所致。这个光绝不是拉尔夫·沃尔多·爱默生在《自然》（1836）第三章中所定性的给人启发的、充满恩惠的东西，而应该是约瑟夫·康德拉《黑暗之心》中描写的越黑暗越令人畏惧的东西。是的，宇宙空间看到的光从本质上是无法与黑暗区分开来的。

但是该书更加意味深长的是非常巧妙的形象处理，主人公不仅不能辨别光和黑暗，最后他连月亮和流经护士黄家乡的黄河也无法区分了。就像米达的超绝体验发生在外宇宙与内宇宙的中间地带一样，护士黄日夜思念的黄河岸边也处于自然和都市之间、外宇宙和内宇宙的间隙位置。回想一下过去李白在《将进酒》诗中吟唱的"君不见黄河之水天上来"。当她从医院辞职返回故乡才开始展现她对伟大黄河的想象力和对原宇航员的爱情就能理解了：

> 　　就像他后来和我讲过月球的地面也是如此一样，现在我周围的地面留下了几个清晰的鞋印。我每走一步，干燥的黄土粉尘就会轻轻扬起。我在这个土地的记忆唤醒了那个人的记忆。也许是这条河让那个人又活过来了。
>
> 　　远处，上流两岸的树林模糊得几乎看不见了，苍茫的水面与天空相接。晴朗的天空无比广阔。大河看起来像是从广阔天空流下来的一样。已做回宇航员的他说或许有一天还会飞上天空。他的天空和我的河是连在一起的。（第 410 页）

当初该小说在《群像》上发表时原题为《区间》，是一个颇具巴拉德风格的内宇宙小说的标题。而且正如前面已经讲过，巴拉德擅长写"受过挫折的宇航员"的故事，故事的舞台多在与内外宇宙相接的海滨、旅游地等。1962 年他发表了文学宣言。"不久的将来，取得巨大发展的不是月球也不是火星，而是地球。我们应该探索的不是外宇宙而是内宇宙。真正未知的星球是地球。"（《哪一条路通往内宇宙？》）他甚至宣称他就想做一个理想的思索小说作家，写一部"有健忘症的男人躺在海滩上，盯着生锈的车轮，努力要找出两者关系的绝对本质"的小说。"有健忘症的男人"也好，"海滩"也罢，巴拉德式的条件对日野小说的深远的影响是不能忽视的。到了 70 年代，巴拉德以"技术论的风景"为基础，对自己的"内宇宙"实现了重建。巴拉德长在上海，日野启三长在朝鲜，这是两者有相似的基础，两者完全是同时代的人，对美国发动的越南战争以及宇宙开发他们都持批判态度，综合考虑他们各自内宇宙形成的过程，我们可以说两者在文学上的接近和相遇绝非偶然。

虽然如此，两者也有根本的不同。巴拉德始终认为"内宇宙"是人类应该开拓的新世界，最终作为其理论的批判发展型他创造了"技术论的风景"。而日野启三认为"内宇宙"是"自然文学"里最合适的场所，能够持续发挥出荒野感性的都市才是理想。日野启三接受了巴拉德的影响，但又迈出了根本性不同的一步。他在 1990 年出版的文集《庞然大物》第八章《都市呼唤自然 I 》做了以下总结："我们人类也是在地球原始水圈中诞生的自然的一部分。从单细胞生物开始漫长进化，有了意识，石器时代以来制造各种人工物品，这些都是在自然中发生的事。因此可以说耀眼的科技都市这一产物也是大自然之力的最新赏赐……最新的高科技都市就应该与粗犷的自然相伴，而不是小巧的公园或人工的庭院。新的、人工的东西与荒凉的自然真的非常相似。"（第 101—102 页）

结论——献给内宇宙作家梭罗

以上我们接触的是日野启三的都市自然的视角，现在我们再往前追溯比巴拉德和菲茨杰拉德都早的处于盲点的梭罗，再次回想一下他在《瓦尔登湖》里对森林的思考。因为在那里蒸汽机车像是要打破森林里冥想者的沉默似的发出刺耳的震耳欲聋的轰响，而不是在发送信息的电报机的响声偶尔会一直奏着奇怪的音乐。利奥·马克斯所谓的乐园里的机械文明作为巴拉德的技术论的风景和日野启三的都市自然的先驱在今日意义更加深刻。

我暂且认可从内宇宙到电脑宇宙是 20 世纪后半期的剧本，因为我一直在思考能不能从完全相反的角度逆着时间轴从巴拉德、日野启三返回来读梭罗。梭罗不是单纯的自然观察者也不是单纯的都市自然的先觉者，应该更适合再定义为内宇宙的思索者。先觉者往往具备了一切可能性。

带着这样的观点重读《瓦尔登湖》结尾部分，以下这一小节我颇有感触：

> 所谓的非洲，所谓的西部，象征着什么？我们自身的内部（our own interior）在海图上仍是空白。再仔细观察的话，也许就像海岸一样是黑色的。……不如我们做第二个门戈、派克、路易斯、克拉克或弗罗比舍，去发现自己内部的河流和海洋。如果需要的话，为了维持生命，我们可以把肉罐头装满船，去高纬度的地方探险吧。可以把空罐堆得高高的，以此作为发现的标记。肉罐头难道只是为了保存肉而发明的吗？不是。我们要做哥伦布，去发现自己内部所有的新大陆和新世界，不是拓展生意，是开拓思想的新的水路。（第577—578页）

到了这里我们可以确认，梭罗才是反美主义人士，他将自己内部的自然看作"内宇宙"，他的这个视点与巴拉德的"最未知的星球是地球"以及日野启三的"都市之名的荒野"绝妙地相撞。正是有了这些地平面，新的内宇宙的新的探险者们才能不断地取得大的收获。

参考文献

Ballard, J. G. "The Crowned Giant." *The Impossible Man.* New York：Berkley, 1966.

——. *A User's Guide to the Millennium.* New York：Picador, 1996.

Emerson, Ralph Waldo. *Emerson：Essay and lectures.* Ed. Joel Pore. New York：The Library of America, 1983.

Fitzgerald, F. Scott. *The love of the Last Tycoon*: a Western. 1941. Ed. Matthew Bruccoli. New York: Cambridge UP, 1991.

Lowney, John. "Thoreau's Cape Cod: The Unsettling Art of the Wrecker." *American Literature* 64 (June 1992): 239–254.

Marx, Leo. *The Machine in The Garden*. New York: Oxford UP, 1964.

Thoreau, Henry David. *Thoreau*: *A Week in The Concord and Merrimack River*, *Walden*, *The Maine Woods*, *Cape Cod 1861*. Ed. Robert Sayre. New York: The Library of America, 1985.

Yamashiro, Shin. "The Beach as a Neutral Ground: Herry David Thoreau's Cape Cod and the Tradition of American Beach Narrative." *Literature and Environment* 4 (September 2001): 22–30.

新国立剧场运营财团营业部编:《一柳慧"光"》纪念版,财团法人新国立剧场运营财团,2003 年。

武田雅哉:《星之筏——黄河幻视行》,角川春树事务所,1997 年。

巽孝之:《恐龙的美国》,筑摩书房,1997 年。

日野启三:《梦之岛》,讲谈社,1988 年。

——:《庞然大物》,特雷维,1990 年。

——:《光》,文艺春秋,1995 年。

——:《天池》,讲谈社,1999 年。

已经翻译过来的作品,全部参考。但是根据行文要求,对译文有删减。

现代环境文学中的视觉修辞

——讲述内华达的两本书

切瑞尔·格劳特费尔蒂/横田由理　译

政府计划在内华达建设永久性的核废料储藏设施，遭到了当地居民的抗议，其中有人高举写着"内华达不是荒地"的红白蓝三色的标语牌。虽然是一句挑战性的口号，但是大多数美国人认为内华达就像拉斯维加斯、雷诺。两个城市像毒瘤一样，被霓虹沾染，被一望无际一无所有的空间包围，由于过于干燥使得农业和土地无法开发，是无可救药的丑恶的场所。在美国人的想象中，内华达是进行原子弹实验和投放放射性废物理想的场所。

本文将对最近出版的两本有关内华达环境的书进行论述。两本书都非常有价值，是由摄影家和作家共同合作完成的。一本是安·罗纳德和斯蒂文森·特林布尔合著的《地球的色调——内华达写真集》（*Earthtones：A Nevada Album*，1995）表现了内华达野生之地的精彩。另一本是玛丽·韦伯与摄影家彼得·科因及罗伯特·道森合著的《令人质疑的河》　（*A Doubtful River*，2000），聚焦了都市、田园、野生对荒漠缺水河流的要求。内华达是美国最干燥的州，到处是荒地，对于这种国内广为流传的认识，这两本书给出了怎样的答案？它们代表了环境学说中的两种方法论，我想试着做个比较。生态批评主义的批评家在思考环境文学时，总倾向于研究作家。而生态批评主义的文献一般仅限于文字。抛开这种支配地位的批评惯例，本文将批判的眼光转移到精彩的写真，就这些照片所起到的视觉修辞效果进行说明，并试着论述图像与文字的关系。两本书只是很偶然地都把焦点对准了内华达这个地方。精彩的文章、视觉的修辞、环境学说的方法论以及立体式的战略运用，我们从中学到的这些东西对保护其他地方会有所帮助。

这两本书的封面和标题告诉我它们的观点不同。《地球的色调》的封面是莫里亚山荒原的古老的芒松。就像塞拉俱乐部的荒原景色挂历上常见的那种照片。在炫目的蓝色天空背景下，有一轮白色的小小的月亮。一直盯着照片看，会让人想起拎起喜欢的背包旅行到山顶时的心情、清爽的空气、有点凉意的早晨、羽绒服的衣领以及神秘的光芒。"啊，为了这山顶的美景，我们要好好活着"，封面把我们带入的是美好的梦境。标题"但是，哎呀，这是内华达吗？"是对"大地的色调"和"写真"的强调，它告诉读者本书的焦点是色彩和内华达的面貌，即景观的要素。与《地球的色调》封面洋溢着的光明形成鲜明对比，《令人质疑的河》强调了黯然的前景，营造了压抑的气氛。灰色、黑色、暗红色，与其说是景观不如说让人感觉的是一种气氛。标题"哼"让人有点不得其解。"照片中没有河流。河流在哪里呢？为什么它让人质疑呢？"读者不由得会生出这些疑问。从书中我们知道正像照片上的凝灰岩层被山顶分割开来一样，特拉基河也有分流。特拉基河在德比水库分开，分别流向两个不同的方向。这个麻烦的遗产就是本书的主题。

跟随《地球的色调》，沿着乡间小道，向上攀登。你会看到对面令人瞠目的美景。安·罗纳德二十五年来经常在内华达的乡村郊游，他说："瓦勒斯·斯蒂格纳说过'对于什么是风光明媚，什么不是，我们有必要改变自己的审美观念'，因此我们必须要超越单纯的绿色。"他让读者喜欢上了大地的色调，而摄影家斯蒂文森·特林布尔用生动的设计将没有绿色的印象通过质感和形象展示出来。

　　《令人质疑的河》让读者思考的不是内华达野生的自然而是管理不善的特拉基河。从航拍的照片上看特拉基河两岸是古老木质煤矿用的水道、铁路、州际八号公路。照片和文字的配置，是按照从上流到下流，从西到东的顺序。从加利福尼亚和内华达州之间的特拉基河的源头太浩湖出发，经过萨拉的三个人工湖，流过里诺市和斯巴克市，在德比水库分成两条河。一条向东流去的河带走了水库里近乎一半的水，通过分支的运河及沟渠，进入霍塔湖，给弗伦的农民供水。最后流进斯蒂尔沃特国家野生生物保护区。另一条河向北流入终点——被陆地封闭包围的金字塔湖。金字塔湖是金字塔湖派尤特印度安人保留地的一部分。可以想象，加利福尼亚州、雷诺市、斯巴克市、弗伦农家、派尤特印度安人、美国内务部鱼类野生局等对特拉基河水有众多的争夺要求。个人的声音、社会的历史以及古风的印象与现代印象互相交织，罗伯特·道森、玛丽·韦伯以及彼得科茵他们试图引起人们对干燥地区如何利用水的注意。

　　《地球的色调》中的每一张照片都非常美。既有一些平常的、适合拍照的美景，也拍了一些也许会让人不快的景色。通过照明、拍摄角度、焦点距离、构图等战略性效果的运用，每个风景都展现得非常漂亮。《令人质疑的河》里也有美丽的景致，但是它也让读者直接面对那些丑恶的、乍一看很美却明显被污染的东西。例如一幅夕阳美景的照片，但当我们读到解说词时，会让我们目光转向前景中漂浮起来的死鱼，即因盐分增加以及相关毒物造成的牺牲者。

　　《地球的色调》主要给读者展示的是原始的风景，摄影师喜欢运用巍峨的群山景色，与读者共享远离人烟的内华达那些令人吃惊的最隐蔽的秘密。正是在像内华达核试验场这样危险的风景中，相机才能截取到自然美丽的情景。与此形成对比，《令人质疑的河》为了追求变得面目全非的风景，经常用一些航拍的照片，以求最大程度暴露一些惨不忍睹的变化。《地球的色调》执着于野生的场所，《令人质疑的河》则对都市中的古风标识和场所表现出兴趣。例如收录了商业区的内华达俱乐部、假日赌场等具有古风的照片，还有人工建造的建筑物德比水库。德比水库是西部最早的由政府提供资金兴建的水库，是1902年发布的具有划时代意义的《联邦土地开垦法》的最早的产物。联邦土地开垦法为了"焕发沙漠活力"，提供资金建水库以及几百公里的运河，将水引入沙漠中的湖泊，获得珍贵的水，然后利用水灌溉农田。虽然是在不同场所拍摄的，但是这两张相邻的照片就好像是按照使用前和使用后的顺序配置似的，展现了沙漠变农田的景象。左边这张"使用前"的照片只不过是书中展示的未被污染的美丽景象之一，而右边这张照片则指出了土地过度养护带来的不仅是野性美的丧失，也带来了秩序和收获。

《地球的色调》里的文章偶尔会涉及与人的邂逅，大部分内容讲的是与"野生"孤独的相遇。如火焰谷（valley of fire）的古印度安人石刻（atalata rock）照片暗示了这里过去曾经有过人迹。书中没有任何活人的照片。因此留给读者的印象是内华达是一块无人的土地。或许还剩下两三个幽灵，留下的只有以前到访的人或者很久以前死去的居民创造的东西，竟然不见活人的身影。而《令人质疑的河》则相反，特意记录了人的影像。例如在尼德尔斯闻名遐迩的地形的照片里，前面有辆卡车，好像强调人类利用自然似的，几个打闹的人也被拍了进来。为了拍下凝灰岩与彩虹的清晰景观，三脚架大概被简单地放置在那辆卡车的对面。古风的写真展现的是派尤特族的渔业传统以及参与联邦计划的男人们。而现代写真捕捉的是分售土地的开发商以及住在都市里的知识分子的身影，一个印第安人在托雷诺拉之家入口处的台阶前被拍下来了。《令人质疑的河》讲述的全部是关于变化，而《地球的色调》讲述的不是事件或故事，它以"颜色"、"水"、"盆地"、"山地"等事物为章节主题，定格在不变的事物的面貌上。它通过特写、广角、天空的景色、日出、日落、剪影等要素，达到了静态的绘画效果。永远的美景让读者感到平安宁静。如果能隐退在这样的地方，那么世界最终也不会让人感觉那么糟糕。这些照片真正的政治潜台词是"永远保存这些场所吧！因为改变意味着丧失"。

《令人质疑的河》则认为改变是无法避免的。它找寻的不是看起来静止不变的事物，而是动态的事物，它选择拍摄了火灾及洪水、建设与解体等情景。引用莱斯利·马蒙·西尔克的话"没有故事就什么也没有"（DR127），他将每个章节都设立为一个故事，如"雪的故事"、"沙漠的故事"、"牧场的故事"、"金字塔湖的故事"等等。虽然页面上的照片是静止的，但是它运用各种方法加强了叙述的效果。它选择的是本质上动态的主题，如弗伦二代牧场主布鲁斯·坎特和哈米·坎特的照片，拍的就是故事中的人物，还有提到他们思念亡故的儿子时伤心的眼泪似乎汇流成湖。被称为"岩石之母"的地形照片。在雷诺，离婚者的传统是将结婚戒指扔进河里，结婚戒指桥等拍的都是有故事的地方。一个时代前的照片让时间及变化颇具戏剧性。用干涸的特拉基河仅有的水解渴的劳动者的照片和野生岛屿水公园里戏水的身穿泳衣的照片被放在左右相对的页面上，这种和谐大胆的并列排列，引起了读者对道德故事的想象。

这两本书都辩证地描写了内华达的荒地。《地球的色调》表现的是无人居住的风景以及绵延数里的空旷的空间，强化了荒地的立体感。罗纳德和特林布尔认为空旷空间就是优点，无人打扰的孤独和宽广开阔的空间让人心情愉悦。但是该书强烈否定了荒地印象。荒地给人丑陋干燥的印象，但是从这本书里读者看到的是一个有众多野生动物居住、充满了令人难以置信的美和令人惊异的生机的地方。这本书告诉我们如果能理解内华达的美丽，恐怕就不会把这里当成荒地看待，也就是不会把这里当成核弹爆破、垃圾丢弃的地方看待。

　　《令人质疑的河》强化了内华达的荒地印象，而且向其发起了挑战。只要把荒原和干燥等同起来，那么荒地的立体性就需要永续下去。该书通过统计和故事以及景物反复强调了内华达水供应存在的不确定性。我们看到了干涸的河床、龟裂的泥土、干枯的湖、垃圾废物、烟雾笼罩的郊外住宅等荒地的写真。内华达的人似乎在说"别想错了"。书里暗示了"我们生活在这个沙漠里！因此我们要学会接受这个土地的极限，学会适应它。特拉基草原人口的急剧增加是非常不正常的"。虽然《令人质疑的河》讲述了"荒地"意味着干燥，这是无法克服的事实，但是结尾却是碧绿的、充满生机和希望的景物，浮在龙卷草上的鹂鹂的鸟窝。《令人质疑的河》引起了我们对水的管理、竞争索取权、不相容的价值观等问题的思考。在文章和最后一张图片里，作者提出倡议，在水与等同于生命的土地上计算水的分配时，也要考虑给野生生物栖息地公平的分配。就像龙卷草一根一根交缠在一起一样，特拉基河系所有的利用者之间也是相互关联的。这个事实不是要分割我们，而是要把我们联系在一起。

　　《地球的色调》类似于浪漫主义的立志保护野生自然的自然文学，而《令人质疑的河》则是后现代主义都市环境文学，实际上两者都是激进派的重要的作品。《地球的色调》抗拒戏剧化的内华达荒地景象，而《令人质疑的河》却非常聪明地利用了这点。两者对保持李奥波所谓的"生物群落的综合性、稳定性、美丽性"都有贡献。

参考文献

Leopold, Aldo. *A Sand Country Almanac*. 1966. New York: Ballantine, 1970.

Ronald, Ann. *Earthtones: A Nevada Album*. Photographs by Stephen Trimble. Reno: U of Nevada P, 1995.

Webb, Mary. *A Doubtful River*. Photographs by Robert Dawson and Peter Goin. Reno: U of Nevada P, 2000.

汗水·纠缠·腐烂

——美国南部文学中的感觉生态

斯科特·斯洛维克/高桥勤　译

　　环境文学的主要目的和其他所有的文学和艺术都一样。斯科特·拉塞尔·桑德斯是这样解释和说明其核心部分的。"在我们生活中大多数时候,自然像被镶上了窗框,就像录像的屏幕、照片的白边一样是以镶着边框的状态显现的。另一方面,自然的有机的网眼已经深入到我们内部,而我们却几乎感觉不到。"这段话出自于他在1987年出版的随笔中《为自然说一句话》一文。现代文学有种倾向就是轻视或者说忽视人类与人类以外世界的联系。从这种意味上说,桑德斯批评了现代文学的弊病。因为正如他所说,我们人类"是动物,为了生存下去,只有依存这个星球,人类不过是由血、肉、骨头组成的两条腿的行囊而已","我们呼出的气,流进树木的通气孔,我们的食粮生长于土地中,我们的肉体也逃不过腐烂的宿命"(第226页)。

　　桑德斯在这里指出了"感觉生态"这种思考方式的重要性。它以我们的存在扎根于物理世界这个事实为基础,是感性的,它关注生命之间的联系,带有知性和情绪性的意味。文学作品让作者和读者感受到"自然有机的网眼已经到达我们的内部",这种思考方式就是"感觉生态"。

　　人类存在的意义是什么?我们人类和地球上生息的其他生物

之间是什么样的关系？在地球上的某个特定场所居住，有责任心、有意识而且心存良知地居住是什么意思？这些问题不分国别和题目都是文学这一表现活动的中心问题，这些根本性的、过于琐碎、过于平常的问题很难找出解决的头绪。

亨利·戴维·梭罗在《瓦尔登湖》中写道："人类和牛一样，不敲打就不会觉醒，也不会继续走路。就是说我们必须要被棒子赶着走。"我认为文学表现就起着垫脚石或向导的作用，加固了与世界的联系，是促使我们每个人自觉认识到生存意义的刺激剂。

我们开始理解世界和我们所处的位置是通过具体的感觉体验而不是一个个抽象的信息。但是令人吃惊的是，人类并不擅长通过身体感觉积极地作用于日常生活，充满生机地活着。

华莱士·斯蒂格纳在随笔《自然的感觉》中提及了温德尔·拜瑞的格言"如果不知道自己身处何处，就不知道自己身为何人"。我想把这句再进一步，我认为如果不能相信并利用好自己的感觉，那么就不知道自己为何人。

我觉得这篇随笔讲的是文学运营的作用。它作用于读者的五官，在深刻地理解了人类的动物部分的同时，唤起人类存在要扎根场所的自我认识。文学作品中，有的起着明显的感觉刺激剂的作用，也有讲述感觉的实际作用的。它们有各种不同的目的，大多数目的是刺激大脑，也有一些文学将物理世界抽象化，结果导致读者远离自然环境。

戴安·艾克曼1990年的随笔文集《感觉的自然志》中，讲述了"充满感觉"的世界是多么的美妙。"我们不过是身着衣物高度进化的生物，从精神上已经远离了洞穴生活的时代。但是我们的身体绝没有认同这点。……我们为了提高身体的感觉，创作艺术作品，尝试给这个多彩的世界增加更多的感动，去沉浸在这个闪烁着生命光辉的世界里。为爱、欲望、忠诚心和热情而剧痛，在生的悸动中去感受这个世界，感受美和恐惧。我们只能这么做。"

艺术的重要作用之一是对身体感觉里永不衰竭的力量的再评价。特别是在环境文学领域理解和充分利用身体的感觉有时会成为道德的或者政治的起爆器。不是单纯地享受身体的感觉，而是有更大的目的。艾克曼说："以接收到的各种感觉情报为基础，在脑子里构建出世界。"（第304页）被我们称为"环境文学"的许多作品引导读者调动身体感觉去构建世界，帮助我们理解在这个世界里我们行动的意义。

最近在研究干燥的风景中产生了沙漠文学。我想沿着这篇论文的主旨，举几个美国文学的远亲——南部文学的例子来说明。美国南部以及其他高温多湿地区的文学注重表现触觉的、视觉的、嗅觉经验。身体感觉的特征可以用这次标题中几个词来表现："汗水"、"纠葛"、"腐烂"。

批评家们一直指责威廉·福克纳笔下的人物虽然关注自然环境，但对自然并不抱有特别的感情。而南部文学从20世纪20年代到30年代以后，在人类如何通过感觉体验积极与世界发生关联的问题上态度已经发生了很大改变。福克纳作品中少量的官能描写在过去半个世纪里已成为南部文学的主要要素，这也是个事实。

这篇论文我想把焦点放在福克纳、托马斯·沃尔夫、詹姆斯·迪基等作家身上，就美国文学涉及身体感觉的比较早期的事例与日裔美籍作家大卫·增本作品的关联进行论证。增本最近的作品《五感体味四季》以加利福尼亚中央盆地的他家的海滩以及葡萄园为舞台，是2003年的作品。我正在构思一篇有关美国南部的感觉生态的论文，将更广泛地考察里克·巴斯、珍妮特·拉姆卡、拉里·布朗、汤姆·富兰克林等作家们，这次发表的只是其中一部分内容。

我接下来要论述的内容与里克·迈克·派尔的"经验的灭绝"的想法有密切关联。派尔在1993年的作品《雷木》中指出在现代都市环境中我们与自然接触的机会在急剧减少，他很担心由此将招致人们精神上和道德上的贫乏。我认为感觉生态文学可以唤醒读者内心的五感，促使他们体味追求外面的世界，它蕴藏了提供这种再教育的可能性。环境批评家们就文学中可见的某种特定感觉作用进行过论述，而我则是站在他们观点的延长线上，并不是考察了全部的身体感觉的作用。这里也可以举日本文学环境学会会员结城·劳切尔·正美的例子来说明。她在几年前的博士论文《面向视觉生态——现代环境文学的声景》中，分析了作为理解自然环境的媒介的声音的作用，引起了极大的关注。

我想先讲讲南部文学中的身体感觉的问题。罗伯特·泰勒·安赛因在他的新作《侧耳倾听大地——托马斯·沃尔夫的绿色现代主义》中论述了北卡罗来纳州作家托马斯·沃尔夫的小说。他认为沃尔夫反对 20 世纪初期文学通常的想法，将自我意识的浪漫情感写成作品，是现代主义文学的异端。沃尔夫不仅发展了19 世纪的浪漫主义，他似乎预言了一个事实，即感觉的经验以及与自然的感觉接触等主题将来会广受注目，将形成美国文学大的潮流，成为 20 世纪末支配性的倾向。

安赛因指出从环境批评的观点来看，1929 年的《天使望故乡》之后的沃尔夫作品虽然大都以都市为舞台，但非常重要的一点是对自然的感觉经验的关注日益显著的倾向。沃尔夫说："不能只把自然带入到乍一看就是无机的环境中去，自然和田园生活一样在都市这个舞台上也是支配性的存在，这个印象已经形成了。"（第 69 页）在分析了托马斯·沃尔夫的以都市为题材的作品的同时，安赛因还援引了阿诺德·金史密斯 1991 年所著的《现代美国的都市小说——内部构造的自然》的观点。金史密斯在这本书中指出，美国都市小说的作家们不是把自然看作主人公或是单纯的背景，而是当成舞台、语言、象征、人物中不可缺少的重要的一部分来表现的。安赛因还从沃尔夫 1993 年的作品《蜘蛛网和岩石》中引用了一节，说明了即使在都市这个环境中

强烈地感觉体验自然也是可能的。沃尔夫描写的人物乔治·韦伯
说了这样一段话：

> 　　伦敦让人情绪高涨的季节来到了。一个是在早春轻松的
> 日子里路上走来一群少女和女人们像花一样洋溢的瞬间。另
> 一个是初秋十月，街头华灯初上的时候。明媚的风吹过，落
> 叶飞舞，空气中飘浮着霜和果实的香味，夏季暑气消退后，
> 街道被新的活力唤醒。
>
> 　　最后一个是在寒冷的冬夜里，因眼前的恍惚感而激动、
> 异常兴奋的时候。在这个季节，在身体冷得像麻木似的静寂
> 的寒夜中整个街道骄傲地变身为热情的北方街道。

在乍看脱离自然的环境里，反衬强调了自然的鲜活。而这种技法
才是沃尔夫小说中描写的邂逅感觉的特征。罗伯特·安赛因指
出："都市的四季变化给街道的风景注入了很大的活力，同时给
季节的印象也带来了刺激。茶褐色大地很快被绿色覆盖是有魔
力，但是在灰色的道路、灰色的脸以及灰色的心里绿色复苏时会
感觉到有一种特别的魔力。"从大都市来的很多观众应该能理解
这种感觉。和在田园地带或大自然中同样的体验相比，当我们走
在东京或那霸的街道，我们感受体验到花草、树木、小鸟、蝴
蝶、冷风以及阳光的瞬间因为意外更有冲击力、更令人印象
深刻。

　　大家都知道与沃尔夫同时代的威廉·福克纳是最著名的南部
作家，也有众多的学者研究他，在日本也拥有众多的读者。我一
直引用的这本罗伯特·安赛因的新作中，他把沃尔夫（实际上
他不在南部，在伦敦生活）和福克纳做了有趣的对比，在描写
登场人物对自然的感觉经验时他们的手法有微妙的不同。安赛因
指出福克纳使用的第一人称的视点比沃尔夫第三人称叙事更突出
了登场人物感觉的主观性。福克纳 1929 年的作品《喧哗与骚

动》中关于昆丁的记忆是如何创造出来的，安赛因以下面的段落为例进行了说明：

> 我嗅得到黄昏对面河流蜿蜒的气息，看得到阳光像被打碎的镜片一样静静地洒在岸边。我还感觉到对面苍白透明的大气中有微光晃动生成，就像远处浮动的蝴蝶群。

在现代主义的审美时代，主观的表达一直被视为过时的粗野的表现手法。正是在那个年代福克纳创作了对感觉经验极端主观的描写。正像安赛因所说"福克纳是公认的现代主义作家，他的这些浪漫文字都是为了作品修饰和内部构造解析而有意为之的手法"（第110页）。另一方面沃尔夫并不被视为正统的现代主义作家，批评家们一直指责他是个没有克服过去遗留的主观主义描写的作家。安赛因说："他们有很多类似之处，但是也有极端的不同。那就是在表现对自然浪漫丰富的感觉时感情表现的相对力度不同。沃尔夫的手法是力度设定较高，而福克纳的描写给人一种柔和陷入冥想的印象。"安赛因进而指出："与沃尔夫笔下的人物形成鲜明对比，福克纳所创作的典型人物缺乏美感，语言上也不具有让人欣赏自然美的知性。结果是他们对自然的理解不是通过浪漫的感觉而是通过故事中的人物。"

安赛因引用了福克纳1936年的作品《押沙龙，押沙龙！》结尾部分的一个小节作为典型的例子来说明福格纳没有创作自我追求浪漫并发现意义人物，而是登场人物身上有作者自己强加主观感觉的倾向。昆丁是福克纳创作的人物之一，他是哈佛大学的学生，"他脸颊感觉到了像雪叹息似的新英格兰空气的冷澈沉重"，顺着记忆的线索，"窒息般的像从炉口吐出的密西西比九月夜晚的灰尘，他体味着，感觉着"。福克纳将昆丁的记忆一一呈现：

他可以嗅到马的气味。他可以听到车轮轻轻压过积满厚重灰尘的道路，发出干燥的声音前行而去。这时，他好像感觉到灰尘缓慢地从他冒汗的肉体上滑过，只留下干燥的感觉，他好像一个字不漏地听到了干涸的大地过于难受对着遥远的星星发出的深深叹息。

安赛因在原文中把"好像"这个词用了斜体字表现了福克纳人物和经验没有很好地融合，是作者主观经验在人物身上的投射。也可以说福克纳在这一段文字中用了两次"好像"，"好像感觉到"、"好像听到"，显示了通过记忆的想象力有可能再构建出强烈的感觉体验。在考察 20 世纪南部主要作家如何把对自然或场所的感觉写成作品时，我想重要的是在强化感觉经验的意义、深化经验的过程中突出"感情"作用。另外在《押沙龙，押沙龙!》戏剧性的高潮部分能看到冷静的距离感，可以说昆丁在观察着观察世界的自己，一边观察一边分析。

从前面所举的福克纳作品的一个小段，我们可以看出福克纳认为经验在身体的领域是一个失意的领域，是应该被轻视和克服的领域。安赛因指出福克纳描写的人物对自然有感觉，而对自然倾注热情和这样的人物描写很少。安赛因试图重新评价沃尔夫，将他视为早期生态作家。他指出沃尔夫关注自然与人类的相互作用，即自然能唤起人类的感情，人类可以将感情寄托在人类以外的现象中。这种观念从沃尔夫独特的感情表现和主观视点的运用上可以发现（第 111 页）。

沃尔夫在 20 世纪前半期一直致力于将对自然的感觉体验和其情绪的侧面写成作品，虽然违背了时代潮流，但是他始终坚持反现代主义者的立场。而 20 世纪 60 至 70 年代，其他美国南部作家们克服了现代主义者的冷淡和距离感，开始抽象地从审美角度理解身体感觉。詹姆斯·迪基在 1970 年发表的作品《解放》就是个很好的例子，它讲述了身体感觉的重要性。虽然是三十多年前的作品，但是可以说是一部重要作品，强调了作为与"感觉生态"这个物理世界发生关联的方式之一的身体感觉的重要性。

故事表面上讲的是在郊外过着中产阶级生活的四个男人——保险推销员、可口可乐推销员、广告代理公司经理和公寓经营者的故事。他们虽满足于稳定的生活，心里也有隐隐的不安，却不能表现出来。其中一个叫路易斯，是个喜欢户外运动的肌肉男。他提议并说服友人周末一起乘独木舟沿着流经乔治亚州的卡夫拉瓦西河顺流而下。据他说用水库把河水截留建造一个新的人工湖（地产公司为了利益欲高价销售湖畔的土地）的计划已提出，所以这是最后一次与原生林的野生之美相遇的机会。

第一人称讲述的形式让人想起了托马斯·沃尔夫的强调主观性的文风。迪基作品中的讲述人埃德·简特里在故事里始终都注重感觉体验。作者鲜明刻画了埃德摆脱倦怠感（绝望和隐约的无聊），与外部世界接触后兴奋的样子。故事开头描写了埃德坐在广告代理店办公室里感到疲劳和慌乱的麻痹的状态：

> 我就这样坐了至少二十秒，一动都不想动。我想听心脏跳动的声音，却听不到。我痛彻地感到自己做的事、将要做的事、考虑好准备着手做的所有事都没有意义。如何才能克服这种心态，我问自己。（第18页）

在无法摆脱的如幽灵般的倦怠感中，埃德连自己心脏跳动的声音都听不到。他希望能感觉到一些热情的东西（"那个时刻，只想这样"），平时工作他尽力去完成，这个希望却无法实现。在这里，迪基试图写出现代生活里根本性病理的东西，就是以富裕、固定的工作、无法言说的无聊、连生的鼓动都听不到的无感觉的无趣等等为特征的生活。

作者在故事中尝试了一种可能性，就是与自然以及生活在自然中的人接触，可以让生活在郊外的厌世的职员受到刺激，让他重新做回"有感觉"的人。问题也可以换种说法，即从城里来的四个男人只要尽情度过在河里游览的时光就足够了吗？或者说必须要把他们逼到事关生死的状况里？路易斯向埃德讲起以前旅行钓鱼的事，他还讲起自己从三十英尺高的断崖摔下来被岩石砸到脚后跟骨折的事：

> "即便如此你还想再去啊？"埃德问。
>
> "是啊，埃德。那种强烈的感觉，是的，太妙了。很棒的旅行，当然也包括骨折。"路易斯说。（第51页）

"强烈的感觉"正是小说中登场的生活在城市近郊的人们生活中所欠缺的东西。离开亚特兰大近郊，往目的地的山中行走时，埃德开始感悟到外面的世界。他的感觉苏醒，他开始接近强烈的感觉。他的视觉和嗅觉高涨在故事中交错：

> 我们现在被许多的树木包围。即使闭上眼也能感觉到。树木随风摇晃，天空时隐时现。我很惊异树木的颜色如此多彩。我原以为这个州的树木只有松树之类的。实际一看，并不是这样。不知名的树木开始变红，你在盯着看时好像颜色就开始变化了。虽然刚开始变色，还不是火红色，但是已经显示出这样的征兆了。（第53页）

当然埃德的植物方面的知识很有限，他连秋季开始着色的落叶林的名字都不知道（中间三章的题目分别是"九月十四日"、"九月十五日"、"九月十六日"似乎在暗示秋天）。在感觉的作用下，他知道了乔治亚州除了松树外还有许多种树木，因此对乔治亚州的自然环境知识也扩大了。红叶树颜色加深，同时埃德对外界世界的意识也在加深，感觉也更加强烈。他和伙伴们踏入了意想不到的野生之地，很快他就从城市里的倦怠中恢复过来。随着小说情节的推进，与触觉、听觉、嗅觉相关的各种感觉印象通过语言开始跳动。汗水、纠葛、腐烂。随着感觉细节的积累埃德开始讲述故事。从某种意义上说，这里包含了两个故事。一个讲的是乘独木舟顺流而下遭遇了乡村无赖以及同样危险的急流的故事。另一个描写了埃德感觉的高涨，与外部世界融合，从知性和感性上都感受到自己是个有感觉的有机体的故事。

　　我们再回想一下前面引用的小说的其中一段。埃德坐在办公室的桌子上，他感觉不到自己心脏跳动，连现在自己仍活着的证明都体会不到。四个男人漂流前，开着载着独木舟的车驶进了灌木的深处：

　　　　"坐好！"路易斯话声未落，车子就突然开出去了。
　　　　杜鹃科灌木和月桂树伸展着柔软细长的枝条，遮住了我们头顶上方的天空。一根小树枝从车窗飞进来，打到了我的胸口上。
　　　　车子停下了，我胸口感觉到树木的压力。眼睛往下一看，发现一片树叶随着心脏的跳动在震颤。（第68页）

这与数日前坐在办公室内对自己活着感到陌生的情形形成了对比，埃德通过与碧绿茂盛的灌木接触，感觉到了心脏的跳动。罗伯特·安赛因说过："自然能唤起感情，感情能够对超越人类的现象有所反应，这就是自然与人类的相互作用。"以上就是这种相互作用的典型例子。这个例子的特征是情绪的感受性通过树叶震颤这种物理运动来表现。随着故事的推进，埃德拾取了一个又一个感觉性的接触经验。在四个男人深入野生丛林的体验过程中，埃德感觉兴奋度在不断加深。他回想起了他往独木舟上装东西时对河水毫无兴趣的情景：

　　　　但是，现在不一样了。我感觉到河流的深远。这个水流

从上游到下游形成了数百英里的大地，这是经过上千年时光
而形成的。一想到我站在河流的正中，心情就非常愉悦爽
快，我感觉自己和许多的东西形成了一体，充满了生机。我
不愿意离开这里。（第75页）

河水冰冷新鲜，闪烁着生命之光。埃德切身感受到水流形成大地
以及广阔的土地与时间的联系。就连那些称不上赏心悦目的现
象，看起来也非常美。"牛粪在午后的阳光中闪耀。"作者迪基
写道，"落在牛粪上成群的虫子，小小的、像云霞一样一闪一
闪的"。

埃德的环境保护意识觉醒了，但还没成为自然的庇护者。因
为水库即将修建才促使男人们开始了此次自然河流之旅。故事中
的自然是不屈的、不动的。例如，埃德似乎感觉到农场为了生存
和入侵的森林在战斗。还有，他长长地缓缓地、像叙事诗中的英
雄一样一口气喝光了罐中的啤酒，他把空罐贴着河面，盯着空罐
摇摇晃晃灌满水后下沉，他松开手，看着空罐从膨起来的尼龙裤
旁边流走。森林和河流都是拥有强大力量的巨大的存在，它们好
像最终原谅、包容了人类所有的行为。作者迪基认为人类给环境
带来的变化造成了自然的荒废（如修建水库、截留自然河流的
行为），使得人类与自身以外的东西发生根本性深刻关联变得越
发困难，这才是巨大的危险。

埃德、路易斯、道尔以及鲍比这四个男人其实就是我们自
己，所有的一切都极其平凡。有平常的工作、平常的家人，在平
常的地方生活。这部男性作家的小说把焦点放在了描写男性人物
上，很多读者会把自己和书中的人物们特别是第一人称讲述者重
叠起来，把自己的感情移入到迪基想象的人物身上，开始高筑了
对外部世界的情绪上和感觉上的关系。

现在或者过去与南部有关的作家以及现代的很多作家们以各
种场所——如城市、田园或者是自然丰富的边远地区为题材，特

别关注于提高读者与自己生活的场所之间和谐感。

通过文学阅读的行为有意识地捕捉我们的身体感觉，感受思考世界的架构以及身处其中的我们人类的位置，这种"感觉生态"的思考方式，并不是美国南部特有的现象。我这里列举的几个作家和作品只是为了说明一个事实，就是这个主题是美国文学其中一个流派的主要问题。我认为这个题目有必要站在更广阔的全美的、全世界的视野上进行论述。

在演讲的开头我提到了《为自然说一句话》这篇随笔，作者斯科特·拉塞尔·桑德斯说："生态学的教义虽然已成为了知性的常识，但是还没有变成心理问题。"生态学的理解是一个心理问题，是我们日常体验最本质的一部分，是"感觉生态文学"的最终目的。无论我们是居住在都市，还是田园，或者是野生之地，北美乃至全世界的作家们现在仍然在努力强化与世界在情绪上、身体上的感觉。2003 年琉球大学举办的国际研讨会的题目是都市、田园以及野生的自然环境。我对托马斯·沃尔夫、福克纳、迪基的评论就是尝试着探讨这个题目。

我称之为"感觉生态文学"的这个流派，在现代美国环境思想中是非常活跃的领域。当然这个文学的发端可以追溯到托马斯·沃尔夫以及福格纳这些现代主义作家，但是很明显六七十年代是个重要的转折期，从迪基的作品以及与他同时代人的作品中看出浓厚的、共通的、迫切的心理上和政治上的倾向。斯科特·拉塞尔·桑德斯、戴安·艾克曼、里克·巴斯、泰利·腾派斯特·威廉姆斯等都是优秀的自然文学作家，他们生动地描绘了感觉体验，引导我们深思世界的结构和我们活动的意义。

这里我想介绍一篇"感觉生态文学"的新作，日裔美籍作家大卫·增本的《五感体味四季》。这本书由 51 篇短文组成，讲述的是在加利福尼亚州弗雷斯诺郊外他们家农场发生的事。最后一篇《慢速事物》是只有一段的短文，它简单概要了装点生活、扎根田园生活的感觉上的事物现象以及过程，里面有日本式

的思考方式"物哀",即暗示了对"善变的美"的深深共鸣而产生的感情。增本是这样描述的:

> 在农场劳作、修剪、灌溉、剪树枝、切圆片、接触、锯子、除草、手摘、剪葡萄用的小刀、装葡萄干的碟子、盆、葡萄田里用的推车、闻气味、有机肥料、花苞、九月的葡萄干、父亲的味道、侧耳倾听、走廊里的摇椅、卷帘门的响声、格子窗、夏日午后、落叶、果实累累的树、雾、看、祖父、父亲、祖母、母亲、农家的媳妇、农场长大的孩子们、离开农场的孩子们、年老的田地、品尝、一粒葡萄干、儿时吃桃子的记忆、大汗淋漓、疲乏、劳累、粗糙的手、等待、死亡。

这篇散文短诗由46个短句(大部分是一个词)组成,从某种意义上说与福克纳的融汇了人类文化和自然志的巴洛克式描写表现方式形成了对比。但是增本的思索和福格纳的作品一样,想要尝试表现家族数代人的共同生活。家族的羁绊(父亲的味道)与自然的羁绊(落叶、果实累累的树)通过感觉体验——气味、光景、触摸而被提升,多种体验和思索都被浓缩在这些短句中。

　　九月、落叶以及最后一个词"死亡",这些让人感受到秋天的事物强调了生命的不可替代性,也促使读者关注我们生活中微小的事实。因为存在的就是那么多的事物,这就是人生,这就是世界。当听到"生态"这个词时,我们多数人很容易联想到宏大抽象的过程和相互作用,而对于有这种想法的作家们,我不得不说,为了深刻理解生态,他们有必要从重新审视感觉体验外部世界的意义开始。

参考文献

Ackerman, Diane. *A natural History of the Senses.* New York: Random

House, 1990.

Dickey, James. *Deliverance*. 1970. New York: Delta, 1994.

Ensign, Robert Taylor. *Lean Down Your Ear Upon the Earth, and Listen: Thomas Wolfe's Greener Modernism*. Columbia: U. of South Carolina P, 2003.

Faulkner, William. *Absalom, Absalom!* 1936. New York: Vintage, 1972.

——. *The Sound and the Fury*. 1929. New York: Vintage, 1936.

Goldsmith, Arnold L. *The Modern American Urban Novel: Nature as "Interior Structure"*. Detriot, MI: Wayne State UP, 1991.

Kondo, Tomie. "Aware. " *The Sun* No. 385 (August 1993): 189.

Masumoto, David Mas. *Four Seasons in Five Senses: Things Worth Savoring*. New York: Norton, 2003.

Pyle, Robert Michael. *The Thunder Tree: Lessons from an Urban Wildland*. 1993. New York: The Lyons Press, 1998.

Sanders, Scott Russell. "Speaking a Word for Nature. " *Secrets of the Universe*. Boston, MA: Beacon, 1987.

Stegner, Wallace. "The Sense of Place. " *Where the Bluebird Sings to the Lemonade Springs: Living and Writing in the West*. 1992. New York: Penguin, 1993.

Thoreau, Henry David. *Walden* (1854) and *Resistance to Civil Government* (1894). Norton Critical Edition (second edition). Ed. William Rossi. New York: Norton, 1992.

Wolfe, Thomas. *The Web and the Rock*. 1939. New York: Perennial library, 1973.

Yuki, Masami Raker. *Towards a Theory of Acoustic Ecology: Soundscapes in Contemporary Environmental Literature*. Ph. D. Dissertation. University of Nevada. Reno. May 2000.

从领地到地点

——《瓦尔登湖》和《无界之地的故事》

伊藤诏子

前　言

　　玛丽·奥斯汀（Mary Hunter Austin）对 20 世纪末自然文学流派确立的贡献以及从生态批评角度对她的重新评价都有定论。包括日本的三篇文章在内的研究报告的不断出现，可以清楚地看出，与一直以来英裔美国人在典型的原始荒漠（"Pristine Wildness"）中形成的男性风格的沙漠美学和西部神话相比，在《少雨的土地》（*Land of Little Rain*，1903）中，土地不是客体而是主体，它以居住在那里的女性、少数民族以及动植物的视点和感觉讲述了土地的故事，提示了西部的另一种选择。玛丽的代表作《少雨的土地》和《消失的界限》（*Lost Borders*，1909）被马乔里·普莱斯（Marjorie Pryse）编成了合集《无界之地的故事》（*stories from the Country of Lost Borders*），这是一项恢复土地和人种双重边缘化的工作，借用卡罗·E. 迪克逊的话来说是"将印第安文化置于被边缘化的西部文化的中心位置"。同时代的以塞拉山脉以西为创作背景的缪尔有一种抹杀印第安人的倾向。与缪尔（John Muir）的美学态度截然不同，玛丽把印第安人放在故事的中心位置。薇拉·诺伍德更是将她与同是写发生在莫哈维沙漠故事的戴克（Van Dyke）进行比较，玛丽对戴克传统浪漫的帝国主义的沙漠视点提出了异议（Norwood，74）。奥斯汀不仅打破了以梭罗为首，缪尔、戴克以及阿比等众多男性作家们编织出来的西部沙漠的表象，而且也打破了主流美国文学中根深蒂固的厌恶女人、没有女人的西部神话。一直以来对奥斯汀的这个评价基本是定论。

但是另一方面，后殖民主义批评者却批判了奥斯汀曾担任旗手的印第安运动是将印第安人的诗歌和仪式等文化遗产当成自己的"可使用的过去"（usable past）的素材。白人作家把印第安人文化看成是与西欧文化中的城市化相对立的堕落的存在，他们把文化殖民地化并实行了文化占有（cultural appropriation）。例如安德雷·古德曼对《亚特兰大月刊》1936年1月号同时登载了《少雨的土地》序章和弗雷德里克·杰克逊·特纳有名的论文《西部对美国民主主义的贡献》（Contributions of the west A-merican Democracy）这个事实很重视，他认为在英裔美国人传统的观念中把西部看成白人的个性自由的源泉，这点在奥斯汀身上也有。"白人作家把印第安人文化商品化"的行为被印第安研究者们称为"白人萨满教"（"white-shamanism"），是应该警惕的。相同的论调在去年来日本参加京都美国研究座谈会的伊丽莎白·阿蒙斯所做的基调演讲中也可以看到。

本文的论述以《无界之地的故事》为基础，通过考察它是如何使用并改变"反主流文化叙述"的原型之作《瓦尔登湖》（Walden，1854）的框架，尝试着回归问题的本质。布尔认为，界限围起来的土地是领地（territory），土地和人融为一体的界限消失的场所是感觉地点（place），这是两个对立的概念（Buell，268—269）。套用这个概念，就可以把以萨拉山脉以东为背景的《无界之地的故事》与描写美国独立史中心地康科德及其周边的《瓦尔登湖》放在对立的位置上来考察。因为奥斯汀写的是界限消失的土地的故事，而梭罗描写的康科德的土地，正如我的论文

《地图与反地图——测量技师梭罗和沼泽地的政治》论述的那样，是测量的对象，是有鲜明界限的领地概念。

作为考察的顺序，我首先确认梭罗不具备奥斯汀所具有的两个要素，即女权主义和多文化性。然后在分析梭罗对奥斯汀的影响基础上，找出《无界之地的故事》核心——《少雨的土地》与《瓦尔登湖》在构造上的类同，两者对土地与人的关系的把握的不同，以及其乖戾和差异的内情。为现代版《少雨的土地》写序文的两个作家爱德华·阿比和 T. T. 威廉姆斯也提到过，在描写西南部生态的作品中，在沙漠地带和性别意识以及无界限的种族划分互相交错方面，先驱奥斯汀是非常超前的。

1　奥斯汀的初期生态女权主义和多文化性

奥斯汀和卡瑟同为世纪转换期"新女性运动"的中心人物，她的《仙人掌之刺》（*Cactus Thorn*, 1927）和《浅滩》（*The Ford*, 1917）等小说刻画了极端女权主义的主人公。这两部作品与《有天分的女人》（*A Woman of Geniius*, 1912）形成了奥斯汀"新女性三部曲"。20 世纪初期出现的所谓"新女性"这一概念，根据伊丽莎白·阿蒙斯定义，是指不受维多利亚王朝女性的束缚，志向为职业女性，知性喜欢冒险，性别上自立，身体强壮的女人（Ammons, 3）。奥斯汀的母亲苏珊娜是典型的维多利亚王朝的女性，奥斯汀与母亲之间的争执也和两代人之间的纠葛问题有关。

奥斯汀笔下的人物与卡瑟创作出的白人女主人公不同，她创造的女性是这样的形象：在这个"土地"（"The Land"）上生活，"如果沙漠是女性的话，就知道她是什么样人"，"像谜一般的史蒂芬克斯那样"拥有"丰满的胸脯、粗壮的腰身、褐色的头发和肌肤以及大大的眼睛"，"男人不要求也想主动献身"的独立不逊的，"除了自己欲望以外任何事物都撼动不了"的女人

（*Stories from the Country of Lost Borders*，第 160 页，以下简称 Stories）。可以说这是阿蒙斯定义的"新女性"，同时在白人中产阶级的新女性运动中加入了"褐色"的风貌（"Gramatica prada, tawny grammar"，"Walking"，183），这是印第安人的文化传统和白人文化相融合创造出来的女性形象。《消失的界限》中《家在十八英里远的女性》和《行走的女性》讲述的是死亡谷的故事，故事里讲述者就是神秘的文化融合体的女性象征。在这里我忽然想起梭罗《漫步》中的"褐色的语法书"理想地融合了白人文化和印第安文化，它是一种"从野生环境中都得到的智慧"，还没有结晶形成人物形象。

据墨菲说"生态女权主义"一词是奥伯尼（Trancoise D Eaubonue）1974 年首创的，但是在《无界之地的故事》中已经能看到生态与女权主义的结合。奥斯汀把看起来与田园传统几乎无缘的、对人类冷酷无情的严酷的西部沙漠与受压抑的女性的心情重合在一起，探求的不是森林或深山里的救助或休憩，而是由干燥、清澄、热和雪构成的世界，而且发现了其中的生物与人类和谐相处的沙漠生态。同样参与了新妇女运动的卡瑟在塑造《开拓者》的主人公亚历山德拉这个新女性形象的过程中，抹杀了内布拉斯加土著部族奥马哈族、波尼族、彭加族的存在（Ammons，12）。与此形成对比，奥斯汀在作品的开头就展现了多彩的各民族，犹特人、派尤特人、莫哈维人和肖松尼族人。书中既有自己的发现，也有保护他们不受侵犯的伦理请求。继承了奥斯汀衣钵的 T. T. 威廉姆斯在 1997 年企鹅社出版的《少雨的土地》的序言中描画了奥斯汀生态女权主义的形象，奥斯汀发动了当时的"明智使用土地运动"，与美国西部公用土地乱用现象作斗争，为妇女和野生土地的各项权利奔走行动。

奥斯汀的民族多样性在现在多文化主义的浪潮中更发出了新的光芒。为《少雨的土地》（1988）作序的另一位作家爱德华·阿比对奥斯汀描写的沙漠风景极为赞赏，同时他指出，在 1910

年到 1920 年早期那个遥远的年代，推行自由主义还不像现在这样安全和容易，在危险和困难相伴的年代，奥斯汀为印第安人以及墨西哥裔美国人的各种权利积极推进改革，她是女权主义活动家。他还提到奥斯汀把少数民族和自己融为一体，对社会改革具有敏锐的洞察力。不能单从序章部分开始就认为《少雨的土地》讲的是西南各部族的故事，在接下来的十三章中还描写了来到西部的墨西哥裔美国人、西班牙裔美国人以及回到西部掘金的英裔美国人等多样的民族在沙漠故事中共存的情形。在这部作品中形成了丰富的多文化的叙事风格。

2 当地语言的复活

"少雨的土地"一词是沙漠住民莫哈维族语的英译，它不同于英美英语 Desert 所表示的被抛弃的空间这一沙漠概念，它象征着众多的生物与沙漠实现了一体化。"无界之地"也是莫哈维族语地名的英译，指的是南加利福尼亚一带，自然边界的河流会因暴雨和沙尘暴而消失，在这个词体现了环境的严酷性。同时作为《美国的节奏》中部族诗的英译者奥斯汀作出了巨大贡献，她充当部族语与英语的媒介，实现了没有界限的多文化的融合，我认为这才是真正的美国节奏。

正如狄克逊指出的那样，《无界之地的故事》展现的是一种打破了人种界限的稀有土地的风景。用奥斯汀的话来说，是"意识的界限打破了，任何习惯等都不存在"的另一个西部。这与英裔美国人从边界地平线的另一边所认识的文明与非文明泾渭分明的西部完全对立，是对西部挑战性的全新认识。消失了的是分割了自然与文明的界限，死亡谷恶劣的气候造就了植物的植被，同样也造就了家的形式和人们的生活。

土地的命名不仅体现了对土地认识的差异，奥斯汀知道土地专有等同于抹杀当地的文化。在第一版印刷的书中有印第安人签名的插图，奥斯汀在序中写道：

> 我非常喜欢印度安人的命名的方法，他们给人起名总是
> 非常恰当。……印第安人的名字都非常美而且非常应景。他
> 们也没有要把命名者的名字名留千古的贫乏的欲望。(《无
> 界之地的故事》，第 3 页)

在从英国独立后处于后殖民时代的美国，土地命名所涉及的文化
的殖民地化对梭罗来说也是个很重要的问题。美国本土孕育的自
然不应该用英语而应该用印第安的名称，这种想法在梭罗身上表
现得也非常显著，多得不胜枚举。以下是其中一个典型例子：

> 栽培草莓时，会在草莓下面铺稻草，所以草莓叫"草
> 之果"，我们不要再用这个寒碜的名字了。因为对于拉普兰
> 人或齐佩瓦族来说不是这样。不用草之果，还是用印第安的
> 名字心之果比较好。实际上我们初夏食用的这种深红色的心
> 脏，就像大自然的有意为之让我们在一年剩下的时间里更加
> 的强健。……越橘这个庞大的种类都被用拉丁语、希腊、英
> 语等不恰当的名称所代替，我认为还是用印第安人起的名称
> 记录更合适。美国本土自生的果实一族用大西洋对面的眼光
> 看的确不合适。(《野生的果实》，第 41、84 页)

但是梭罗的命名问题就如后面的例子一般，也许可以解释为因野
生思想的树立，知识分子为了完成文化从旧社会的独立而做的一
种知性努力。而奥斯汀在写山谷、峡谷、岩石等地形时原封不动
地使用了当地的语言如"Ceriso"、"Hassaympa"、"Inyo"、
"Metate"等。她非常珍惜土地的回音。之所以这样说是因为在
《少雨的土地》序中虽然描写了黑熔岩流过的痕迹、地形、土
质、雨季的猛烈以及死亡之谷的由来等沙漠的悲剧和神秘以及环

境的严酷，但是与此同时这里的土地是拥有两百多种植物、昆虫、鸟类的丰富的生态之地，"会夺取生命，但是通过深呼吸与深睡眠以及和星星的交流已经弥补了"，这里是"神之地"。而《瓦尔登湖》序章《经济》引用了17世纪保皇党诗人托马斯·卡尔的诗来结尾。《少雨的土地》第一章以小野狼的叫声结尾，"瘦弱的野狼在丛林中大声地嚎叫"，通过听觉上的动物的叫声来把握沙漠的无边无际以及神秘。

3　梭罗和奥斯汀的失落的风景

正如《地平线》里讲到的那样，玛丽在欧文斯峡谷生活了十二年，她渴望从严父般的母亲那里得到爱，在那里她经历了结婚、生孩子、与患智障的女儿诀别、作为作家摸索经济独立、离婚等人生中重大的事件，那里是她担起了也卸下了所有的重担的地方。很多批评家说沙漠带有一种"浓重的失落感"，我觉得这也象征着她身上发生的和失去的东西。作为成功的作家、印第安文化的翻译者、剧作家、环境保护论者等西部文化确立的多重身份的活动家，即便后来她移居到了伦敦等地，莫哈维沙漠仍然是她灵魂的故乡，在《最后的土地之旅》中她也清楚地讲到了这点。

但是这种失落感把个人的失落感与自然失落感重叠在一起，明显继承了自然写作的传统。梭罗也认为美国的自然是一本破损的书。事实是欧文斯峡谷现在已经从地图上消失了。与小说《福特》同名的特大企业买断了水资源，输往洛杉矶，严酷的气候、脆弱的砂土，从《少雨的土地》执笔那时起，当地的人们就一直生活在水深火热之中，那里是一块正在消失的土地。《瓦尔登湖》中有关个人丧失的有一节哀叹眼前土地的榨取、森林的消失非常有名，"曾经我失去了一条猎狗、一栗毛马和一只鸡"。因此可以说《少雨的土地》是西部版的或者是女性版的

《瓦尔登湖》。

《地平线》只是以母亲禁止我在自然里过度地散步以及读"过激作家"的书的形式提及了梭罗。"十四岁的玛丽，不知道为什么总喜欢出去郊游，和许多人一起钓鱼、散步、捡拾果实，她感觉很愉快。但是苏珊娜竭力想给玛丽灌输这样的印象，即对自然有兴趣是一件太孩子气事。……诗歌和梭罗不能引用，巴洛的书偶尔还可以接触，但是梭罗不行。"（第 112 页）母亲强迫她做个优雅的人，因为被禁止反而使玛丽更加热衷于梭罗式的户外自然观察。

奥斯汀也确实受到过爱默生的影响。五六岁时的见神体验可以解读为爱默生的"透明的眼球"在奥斯汀身上显灵了：

> 某个夏日的清晨，还是孩子的我一个人向果园走去，从那里爬过一个小坡，我看到了绿光。突然四周一片寂静，大地、天空、风中摇晃的小草与站在其中我在有意识呼吸的光中合为一体。我至今都能清楚地记起那种整体被包围的感觉，我被光里灵动温暖的泡沫包围的感觉。（《地平线》，第 371 页）

本文对奥斯汀被神贯穿身体而失去自我和非我距离感的神秘体验不做详述，其实梭罗也有突然被光包围的明显的神秘主义的倾向。这种倾向无疑使她向往"崇高的沙漠"这个无法言说的领域，与印第安人的自然观也产生了共鸣。

长大后她因宅地法搬到别处，又经历了一次同样的事，她写道："我牵着马走过枯湖，突然橘黄色的像燃烧的火焰一样的罂粟花在眼前出现，终极的实体热乎乎地向四周渗透。"爱默生的自存哲学对南北战争后的许多女性作家都有一定的影响，某种程度上这是普遍的历史事实。遭遇"终极的实体"（ultimate reality），感受到四周充满了"非日常的光"，这种例子在梭罗的

《漫步》的最后一节也可以看到，"身体浸在金黄色的光的洪水中，这是过去不曾有过的"。

在前面引用内容省略的地方苏珊娜称呼梭罗为"漫步的作者"，奥斯汀也从步行中发现了特别的意义，她写了一篇题为《行走的女人》的文章收录在《无界之地的故事》里，这些都可以看作是受到了梭罗的直接影响。奥斯汀讲述了大步行走的主人公"通过行走治愈了病症"，行走可以接触到"弥漫在大自然周围的健康之气"。梭罗不仅在《漫步》中，在《一周》里也表明了自然的健全性和野生的治愈力。在《无界之地的故事》里奥斯汀也展现了与此相同的思想。那个女性"那时候已经没有名字了，人们称呼她步行女士"与梭罗的"加入步行行列的人需要做好告别家人离开尘世不再回归的准备"，这两者是相通的。

4　作为《瓦尔登湖》解构体的《少雨的土地》

以上面的论述为基础，如果把《瓦尔登湖》与《少雨的土地》放在一起比较，除了可以发现两者在场所的生态系统、生态的自然、生物中心主义以及特地场所的自然史的典型构造上有共同之处以外，两者还有惊人相似的主题和情节架构、章节划分和预言者的语调。关于作品的构造，正像皮埃尔已经指出的那样，《瓦尔登湖》被"较高的法则"一分为二，《少雨的土地》被"邻人的田地"一分为二，整体的对位法，最后一章《瓦尔登湖》的"春天"对应《少雨的土地》的"葡萄藤小镇"各自构建的乌托邦，相邻章节里的自然与社会的对位法，这些都是两部作品的共通之处。而且更重要的是，《瓦尔登湖》讲的是湖——自然和生命的水源的故事，《少雨的土地》讲的也是关于赛力索河以及像塞拉山脉之眼一样的奥帕帕高湖少得可怜的水源的故事。梭罗把湖看成是"大地之眼"，而奥斯汀也把湖看成是"山脉之眼"，生动地把西部大地和自己的身体重叠在一起。

但是两者结构上的相似，同时也是《少雨的土地》成为沙漠化的《瓦尔登湖》以及脱离了深受大自然恩惠的湖畔构造的契机。威廉姆斯指出，《少雨的土地》是被沙漠的白色支配，《瓦尔登湖》是被绿色支配。成为许多花历学原型的《瓦尔登湖》根据四季的顺序由 17 章构成，而《少雨的土地》由 14 章构成给人单一季节的印象。沙漠里只有三个季节，缺少春季，因此少了三章即四分之一的章节。但是在"微缩的科罗拉多大峡谷"一样高低起伏的地形、暴雨和干燥时期所构成的严酷的气候里，栖息着多种动植物，即使在被视为荒芜中心的死亡谷里能识别出的植物也有两百多种，它们是有利剑般锐刺的丝兰，是为寻求水源在湿地爬行的不起眼的可提取杂酚油的灌木。

我在论文《测量技师梭罗和沼泽地的政治》里论述过，在《瓦尔登湖》的中心章节"较高的法则"里，梭罗出神地看着湖水陷入了形而上学的冥想，他追求的是超越了现实的美国的神之法。现实中的康科德的土地几乎全部都变成了设定了所有权的领地。这也是一种通过垂直思考超越现实的手段。而《少雨的土地》的中心章节"邻人的田地"里，不是"较高的法则"而是"土地法则支配着这里"。奥斯汀把梭罗《瓦尔登湖》里的两个章节的题目"野生的邻人"和"贝克的农场"完全变成意思相反的"邻人的农场"，讲述了这片野生之地世世代代的实态。那里可以追溯到自然沙漠化的过程，而"较高的法则"是不起作用的。

《少雨的土地》中相邻章节的对位法可以从第五章"肖肖尼的土地"和第六章突然出现的白人小镇"吉姆维尔——一座布勒特·哈特风格的小镇"中看到，从中可以读出土地和生命的关系实际存在的差异。肖肖尼的土地是"宽广的空间，在那里部族像树木一样自由生存"，而银矿小镇吉姆维尔正如布勒斯·哈特描写过的一样位于有白人经过的司格·格鲁奇峡谷的底部，是仅由四家酒馆构成的小镇。峡谷的名称缘于银矿主妻子的名字，那是个印第安女人，被抛弃后死在那里。现在那里还有牧羊人，但只不过是"牧歌式的平静中隐藏了本质上的暴力"。《少雨的土地》里围绕土地形成的紧张的对位法如同危险的土地一样严峻，深层里是英裔美国人征服印第安人的历史。

5 两种编篮子的人

在土地和人相互映照构建了风景和内景的过程中，引人注目的两者根本性的不同是两种编篮子的人之间的乖离。一个是在"经济"里登场的"编篮子的人"（basket maker）流浪的印第安人和另一个是与奥斯汀在"编篮子的人"中描写的与自己重合的赛亚维：

> 前一阵子来了一个流浪的印第安人到邻近的律师家去卖篮子。对方说"我家不需要"，印第安人一听大叫起来："为什么？难道你想饿死我们吗？"……他觉得买篮子对对方来说是一件有意义的事，至少想让对方这样认为，但是他失败了。（《瓦尔登湖》，第 19 页）

> 赛亚维全神贯注地编着篮子，在铁容器使用方便并占据优势的年代，她卖篮子换钱。印第安女性都是艺术家，她们观察感受然后创作，不会用理论来表达。赛亚维编的篮子极其精巧，拿起来看内外都没有瑕疵，花纹从底部开始扩散的感觉让我们感觉贴心，有一种微妙的味道。（《无界之地的故事》，第 95 页）

两部作品里的两种编篮子的人鲜明地体现了两位作者对印第安人看法的差异。梭罗描写的编篮子的人靠着祖先传下来的技艺制作了代表性的工艺品篮子，他向康科德的白人兜售却失败了。这种失败虽然是市场的失败，但至少在《瓦尔登湖》里是梭罗给了他决定性的打击让他失败的。"流浪的印第安人"完全不像印第安人，一副悲惨的样子，梭罗并不认可他的篮子具有超越市场的价值。很多人指出，这引喻了梭罗在瓦尔登湖尽心完成的第一部作品《一周》在市场销售上的失败，从第二部作品开始，梭罗变成了考虑读者感受的"市场预言者"。

而奥斯汀发现了赛亚维的篮子对于那些拥有它的人来说所具有的精神上的价值以及它的艺术性和商品价值。拿在手里就能感觉到篮子上编织的花纹向底部扩散的设计极富生命力。奥斯汀不像梭罗那样喜欢讲道理，观察然后感受这是赛亚维也是奥斯汀发现印第安人文化的方法。奥斯汀还详细描述了编制篮子的材料柳枝在水中浸泡后再编织的工序以及柳枝垂岸的河流，篮子是派尤特人善用自然时间的生存方式的产物。赛亚维属于派尤特族最后的部族民，因为和白人的战争被逼到苦湖生活，饥饿时他们剪掉头发编成网捕鸟，赛亚维也是与命运抗争的女性的一员，奥斯汀赞赏她是可以与16世纪预言家黛博拉（Debora）比肩的存在，部族完全是按照女性原理在生活。

《少雨的土地》里固有的印第安人的形象表明了他们独特的世界观，认命、愿意忍受当地严酷的自然状况。这里沙漠已经超越了性别的作用，被理解为可以行动的、主体确立的场所。与《瓦尔登湖》中刻画的印第安人形象《主要的森林》中的英雄的森林向导约翰·波利斯形成了对比。但是这个普乃布斯科德印第安人的形象不过是梭罗在描绘野生憧憬时创造出的浪漫化的印第安人，也体现了梭罗想把印第安人理想化的一种愿望。众所周知，梭罗写了庞大的"印第安人笔记"，他对印第安人的自然观和生活方式抱有强烈的亲近感。站在政治的角度，梭罗认为印第安人是最终会"走向消亡的民族"，不可否认他们被美国失去荒野的怀旧之情神话化了。

与梭罗描写的印第安人形象有关联的是梭罗把瓦尔登湖一带

的土地也神话化了。众所周知在梭罗居住以前那里是爱默生购买的领地，但是在详细追溯了土地历史的《瓦尔登湖》中却没有谈及土地主人。还有《瓦尔登湖》中四五次提到了"土地"一词，几乎都是指"领地"即设定了界限所有权的地方场所的意思，这点已经谈过了。梭罗把共同体和自然二元对立，他是站在自然的立场上为野生辩护。从某种意义上有一种在英裔美国人的理想世界中把自然领域单一化的侧面。这与奥斯汀的多文化世界是根本对立的。

《无界之地的故事》清晰地展现了莫哈维沙漠环境恶劣但却是一块生态系统和谐的土地，控诉了人们居住的这块土地的社会构造。这类作品非常少见。奥斯汀一贯喜欢刻画与土地斗争的印第安女性、英裔美国人或者西班牙裔女性，无境的土地被赋予声音，她用多民族多样的故事填满了以前被视为无人的空白的沙漠。她不是把沙漠荒原与文明对峙起来去冥想沙漠的空白，而是找寻沙漠孕育的各种各样的琐碎细小的生命。被逼到几近灭绝的派尤特族女人、赛亚维编篮子谋生、唯一的游牧民"行走的女人"的不依附男人的独立性，这些都让奥斯汀从自己残酷人生的失落感中得以恢复，同时也摆脱了男性自然作家专有的赞赏"非文明空间"的沙漠美学，回归到了土地真正的意义上来。

声明：本论文的概要曾作为本人论文《女性们的〈瓦尔登湖〉——从 God's Drop 到 Bitter Lake》第三节"梭罗和奥斯汀的丧失的风景"发表过（《英语青年》2004 年 8 月号、特集"《瓦尔登湖》的 150 年"，第 265—266 页）。

参考文献

赤岭玲子：《自然和性别——玛丽·奥斯汀描绘的沙漠表象》，《文学与环境》第 3 号，ふくらみ书房，2000 年，第 41—47 页。

Ammons, Elizabeth. "Sex, Transgression, and the New Woman in Henry

James, Pauline Hopkins, Willa Cather, and Sui Sin Far. " Keynote Paper for Kyoto American Studies Seminer, Ritsumeikan U, 2003, 1 – 34.

Austin, Mary Hunter. *Stories from the Country of Lost Border.* Ed Marjorie Pryse. New Brunswick, New Jersey: Rutgers UP, 1995.

——. *The American Rhythm.* 1923. Rep, New York: Cooper Square, 1970.

——. *Cactus Thorn.* 1927 Ed. Melody Graulich. Reno: U of Nevada P, 1988.

——. *Earth Horizon: Autobiography.* 1932. Rep. Albuquerque: U of New Mexico P, 1991.

——. *The Ford.* Boston: Houghton Mifflin, 1917. Rep. U of Californiap, 1992.

——. *The Land of Little Rain.* 1903. Rep. introduced by Edward Abbey, New York: Penguin Books, 1988; introduced by T. T. Williams, 1997.

Buell, Lawrence. *The Environmental Imagination: Thoreau, Nature Writing and the Formation of American Culture.* Cambridge MA: Harvard UP, 1995.

Dickson, Carol Edith. "Nature and nation: Mary Austin and Cultural Negotiations of The American West, 1900 – 1914. " Diss. : U of Wisconsin-Madison, 1996.

Goodman, Andrey. *Translating Southwestern landscape: The Making Of An Anglo Literary Religion.* Tucson: U of Arizona P, 2002.

Gaard, Greta & Murphy, Partrick ed. *Ecofeminist Literary Criticism: Theory, Interpretation, Pedagogy.* Chicago: Uof Illinois P. 1998.

伊藤诏子:《测量技师梭罗和沼泽地的政治》,《新的黎明——〈瓦尔登湖〉出版 150 周年纪念论文集》,金星堂,2004 年,第 85—98 页。

James, M, Annette ed. . *The State of Native America: Genocide, Colonization, and Resistance.* Consordum Book Sales & Dist. , 1992.

Norwood Vera. *Made from this Earth: American Woman and Nature.* Chapei Hill: U of Carolina P, 1993.

Thoreau, Henry David. *Walden The Writings of Henry David Thoreau.* Ed, J. Lyndon Shanley. Prineton: Princeton U P, 1971.

——. *Wild Fruits.* Ed. bradley P. Dean. New York: Norton, 2000. [引用的是日文翻译版,伊藤诏子、城户光世译的《野生的果实——梭罗·新千

年纪》（松柏社，2002 年）]。

——. "Walking. " *The Majoe Essays of Henry David Thoreau.* Ed. Richard Dillman. Albany：New York，Whitson Pub. Com. ，2001.

山里胜己：《沙漠和人类——玛丽斯汀和少雨的土地》，《英语青年》1995 年 12 月号，第 563 页。

吉田美津：《玛丽·奥斯汀和边界的沙漠》，《美国的新风景》，南云堂，2003 年，第 189—197 页。

荒野·荒原·西部

——从西部体验看马克·吐温的主体形成

中垣恒太郎

在马克·吐温（Mark Twain，1835—1910）的文学创作中《苦行记》（*Roughing It*，1872）是一部重要的转型之作。他起初以西部边境为题材编了一些荒诞故事，以幽默作家身份登场是早于《苦行记》出版的《傻子出国记》（*The Innocents Abroad*，1869），这部作品在国际上刷新了畅销书的记录。出版社期待他拿出下一部作品，他选择的不是类似《傻子出国记》的外国游记，而是根据自己的亲身经历写了一部美国西部体验记。这部作品不仅树立了他西部边境作家"马克·吐温"的形象，也决定了他的文学方向。

在这里我想带着问题重新确认西部作家马克·吐温在《苦行记》中是如何塑造出马克·吐温这一自我形象的。首先需要站在当时那个美国西部观、游记题材比较繁荣的时代的文脉视点上来看。而且现在已进入 21 世纪，从旅游写作批评的观点来看，现在有众多批评的声音，认为在《苦行记》中作者对少数民族的看法过于严苛。对于生前以旅游作家闻名的马克·吐温来说，这种批评是无法避而不谈的。因为这是马克·吐温文学的根本重要的问题。

1　游记——文学体裁的游记

　　我想首先从《苦行记》的创作是考虑读者需求而采用了游记这一文学体裁的事实开始讲起。对于 19 世纪 70 年代的读者来说，西部体验富于异国情调、稀奇可以说是最大的魅力。马克·吐温准备了很多能满足这种期待且能引起读者兴趣的素材。作品开头真实再现了即将开始西部旅行的故事主人公对西部冒险的期待以及对读者心目中的西部浪漫的想象。"印第安人、沙漠、矿山采掘"这些西部大自然的要素，迷倒了即将出发旅行的主人公。跟随主人公，读者也被带进了冒险的浪漫的旅行中：

> 　　我年轻不谙世事，因此很羡慕哥哥，羡慕他的名誉，还有高收入。我尤其羡慕哥哥即将要做的一个充满惊异的长途旅行和即将踏入的新奇的世界。他要去旅行了！我以前从未离开过家，"旅行"一词中有一种不停邀请我的力量。……一晚上我都在做梦，我梦到了印第安人、沙漠、银棒。很快到了第二天，我们从圣路易码头登上了逆密苏里河而上的蒸汽船。(《苦行记》，第 1—2 页)

众所周知，从这部作品动笔往前推十年，他曾经想写这部西部体验记，却写不下去，于是就搁置了。作品中年轻的叙述者与吐温过去之间的距离感具有重要的意义。吐温去西部时年龄已经三十五六岁了，给人的印象是叙事主人公比他年轻十岁左右。近年来出现了很多研究，通过逐一找出传记与事实的不同点，以此为基础，来追溯马克·吐温形象的形成过程。如果再加一点，那就是从吐温在西部印象中强调年轻的事实可以看出他的西部观。《傻子出国记》是一部通过与欧洲对比强调美国的年轻的游记和文明论，而在第一次正式以美国为题材的《苦行记》中，自身的

"年轻"与美国的"年轻"重叠在一起,这个事实非常重要。这与吐温总是把美国素材和自身的回忆录联系起来这一点有关系。在吐温生活的19世纪70年代美国西部的光景中有印第安人的身影,遭受迫害不断搬迁住所的摩门教徒的生活以及以中国人为代表的西部外国移民的身影。吐温的字里行间流露出旺盛的好奇心,也毫不掩饰自己的主观想法,在纸上留住了西部的光景。这是不断在改变的美国的风景,也是正在消失的过去的光景。结合时间上相距十年这个事实,《苦行记》可以说是到自己过去旅行的游记,也是到美国不远的过去以及正在失去的光景中旅行的游记。

吐温作品中最强烈地表现了美国过去主题的当然是他以自己的出生地密西西比河流域为舞台的汤姆·索亚和哈克贝利芬的故事。这些小说如实地再现了吐温幼年时19世纪40年代的南部的光景以及吐温对过去的留恋和憧憬。中间隔了一场南北战争,近代化和技术的变化发展带来生活习惯的变化,正在消失的美国光景是吐温反复表现的主题。所以在《苦行记》中已经体现了他直面自己过去的自传式的作品风格,这证明了在吐温的文学创作中"过去"这个素材是多么重要的主题。到了晚年他把精力都投入到了自传的创作中,而这个萌芽在19世纪70年代已经显现了。其背后是19世纪中叶美国的激变给了他浓重的影响。这也体现了他在描写美国光景的过程中意识到即使是现在存在的光景很快也会变化,以及他要鲜明地记录再现将要消失的美国光景的意志。游记这一体裁本身就是以带有过去和异文化的所谓殖民地化的构思为基础,由此可对现代游记的重新认识有了很大的进步。

2　对即将消失的光景再创造的意志
——对大自然西部的幻想和现实

从旅游写作的批判观点以及与其关系密不可分的西部理想化、浪漫化的角度来看,《苦行记》中近年来受到瞩目的是对西

部大自然的描写。其中有一段赞赏太浩湖之美的描写，吐温的自
然描写的技艺高超是有定论的，这一段更是首屈一指。他记下了
在塔霍湖上划着小船就像乘坐气球的感觉：

> 水令人惊异地清澈，二三十英尺深的湖底清晰可见。小
> 船就像漂浮在空中的感觉。……如此深的地方仍然透明，水
> 只是澄清还不算什么，因为是那种耀眼闪烁的透明，所以通
> 过湖水看到的所有东西不仅是轮廓连微小的部分都鲜明可
> 见，通过如此深度的大气层也没有这样的效果吧。我们下面
> 像是有天空，好像在空无一物的天空中漂浮，这样的感觉如
> 此强烈，我们称小船上的游览是"气球之旅"。（第 153 页）

杰弗里·麦尔顿（Jefferey Alan melton）的研究著作《马克·吐
温：游记和旅游》（*Mark Twain, Travel Books, and Tourism*）从
旅游写作的角度重新理解认识了马克·吐温的文学，书中指出正
是这段赞美太浩湖之美的描写如实体现了吐温的旅游眼光。在这
里浪漫的梦想遮盖了实际的自然。说起来是《苦行记》开头叙
事者的好奇心把西部传奇化了。而且这种回想过去的体裁对过去
也存在着浓重的怀旧情绪。《苦行记》的素材就是他本人实际的
西部经历，当时他还是个默默无闻的小人物。正因为如此他自
由，同时他还有要立身扬名的焦躁感。他在密西西比河上做过领
航员，由于南北战争爆发密西西比河被封锁了，他失去了工作。
当时西部的淘金热潮尚未冷却，他怀着一攫千金、出人头地的梦
想出发去了西部。他动笔写《苦行记》时，离他实际的西部体
验已过去了十年，已经到了将要确立他幽默作家地位的阶段，他
带着怀念之情回想过去，同时也尝试着改写过去。

即虽然密西西比河流域的故事后来确立了他南部作家的身
份，马克·吐温却更强调西部作家的品牌印象。马克·吐温在西
部实际生活的时间不长，这样的战略使他成为一个凌驾于比他西

部性更强的前辈如布莱特·哈特（Bret Harte，1835—1902）等人的存在，西部作家马克·吐温的形象在很久之后的文学史的记叙和批评史上都有定性。

这是我们关注吐温西部文学创作的原因。吐温本身就对西部抱有怀想，他把自己看到的大自然、被迫害的人们形象以及胡作非为的人飞扬跋扈无秩序的状态等西部经历都写进了作品，最终完成了从记者到作家的转型。这是他从出身南部原名塞缪尔·克莱门（Samuel L. Clements）变身为"西部作家马克·吐温"的瞬间。

包括吐温在内粗野的、各种出身的人的都流入西部，他们梦想一攫千金，把未来寄寓于采掘中。他们是一群丢掉了过去的人，他们为了在西部获得另外的人格和新的未来聚集到这里。在以这样的西部梦想为中心的美国之梦中，以荒诞故事为代表的故事的形式得以繁荣，在戏弄和被戏弄的关系中，也不可回避带来了歧视的问题。正如吐温自己所说，人们丢掉了过去，带着寻找新天地的目的来到西部，而西部也产生了新的阶层。即那些见证了淘金潮为西部发展作出了贡献的开拓者们与后来的移居者之间有着明确的界限：

> 我们是"移居者"，所以低人一等，这样的侮辱之后在内华达也数次体会了。……完全因为他是个"移居者"，不属于那群世界上最骄傲幸运的人"四九年组"。（第119—120页）

这样的图式与美利坚合众国的成立史也有一定的相似之处，在这个西部吐温既是"后来者"、被歧视的一方，同时又是站在记录流入西部的外国移民、被迫害被赶到西部的印第安人及摩门教徒的立场。吐温毅然潜入摩门教徒内部，实地收集素材，尝试写了一篇讽刺一夫多妻实际状况的报告。这反映了他回应读者期待、满足好奇心的记者的视角。他用幽默的语调讲述了一夫多妻因孩子太多以致都认不全的奇闻异事。

对于印第安人，文中有一段对当时最先进的科学达尔文的进化论的谈论，强调了他们野蛮和劣根性：

> 丛林民族和我们哥休提人很明显来源于同一种大猩猩，或者是袋鼠，或者是田鼠，总之是由达尔文信徒所认为的人类祖先的动物进化而来的。（第 127 页）

特别从现在的观点看，这些显示了马克·吐温的歧视意识的地方多会引来人们的非议，这里蕴含了复杂的问题。幽默是马克·吐温文学的根本本质，必须要指出在《傻子出国记》中既有嘲笑权威的反叛精神，同时又有嘲笑弱者的本质。尤其是从这部《苦行记》中可以看到以当时无秩序的西部处于被歧视的立场人对某些人歧视的眼光为基础的幽默。这种幽默是考虑到了当时读者的期待水平。

在西部这个大自然中不断形成的异文化互相混合交融社会里，他走上了记者的道路。也就是说西部这个自然和社会才是马克·吐温形成的立脚点。追寻《苦行记》中他的记者的目光，我们可以确认马克·吐温特有的着眼点已经开始萌芽。

3 "青年期"的再创造

——"西部作家"马克·吐温的诞生

就如当时美利坚合众国的读者追求异文化的异国情调一般，当时的西部体验，对于出身南部本名叫塞缪尔·克莱门的马克·吐温来说也是印象强烈的异国体验。年轻的塞缪尔希望能从西部找到些什么，《苦行记》中叙述者的冒险心如实浪漫地反映了这点。正因为如此，所以对理想与现实之间的落差失望必然也是

《苦行记》以及马克·吐温文学的主题。他抛掉了在南部密西西
比河上曾担任领航员的过去，为了追求新的未来，来到了新天地
的西部，没想到却走上了职业作家的道路。他着迷于西部特有的
荒诞故事和民间传说，对我行我素的斯莱德（Joseph Slade）的
形象感到兴奋和浪漫，他利用西部传统文化，从写荒诞故事读物
开始，走上了作家的道路。因为与出版社有约在先，他写《苦
行记》费尽了心血，所以形式上过于复杂，不够洗练。后半部
分还加入夏威夷、桑德韦奇群岛的来信，欠缺统一性。《苦行
记》是一部收集了西部流传的奇闻异事的短篇集，既是自身过
去以及构成马克·吐温主题的发现，也是收集民间传说实地取材
的成果。

　　在开始记者生涯的马克·吐温的心中，西部自然给了他尽情
释放想象力的契机。吐温非常强调"真实感"，这种真实感还不
能和今日当下比较，还只是介于虚构和现实之间，他发展了荒诞
故事的写作手法，相继在报刊上发表了很多作品。下面的引用可
以清晰地看到马克·吐温的创作态度：

　　　　接着我发现了几辆去广场露宿的移民的马车。我知道他
　　们一定是刚从敌对的印第安人的地区过来，受了很重的伤。
　　只要状况允许，这一点我会最大限度地利用，可是其他记者
　　的存在妨碍了我，不然的话，我会添枝加叶写出一篇更有趣
　　的报道。……于是我完成了两篇新闻稿，早晨重读的时候，
　　我觉得自己终于找到了最适合自己的职业。……如果有必
　　要，如果读者要求，我就会拿起笔，我觉得可以写出：在平
　　原活动的所用移民都被杀死了。

"如果读者希望"，他心中有读者，他用幽默的语言夸张地讲述
了奇闻异事。如果没有其他记者，他还可以更好地对稿件加以润
色，这一节文字中包含了吐温的故事观。

就这样以西部体验为基础，塞缪尔·克莱门在西部特有的土壤中成长，创造出了马克·吐温的作家形象。的确，西部体验对马克·吐温的文学从根本上产生了强烈影响，但是吐温文学的关注点很快就从西部转移了。以前很多传记研究，多以他和东部女作家奥利维娅（Olivia Langdon Clemens）的结婚以及在东部文坛的成功等为根据，实际上吐温自己也是有意识地远离西部。原因之一是他对西部大自然抱有的憧憬在现实面前倒塌了。这里反映的是有关浪漫主义与现实主义的问题。对沙漠大自然怀有憧憬的他，实际来到沙漠后，这种憧憬在现实面前完全屈服了：

> 这种狂热的、固执的对冒险的期望，在八月阳光的炙烤下还不到一个小时就轻易凋谢了。可悲的是一个小时前我们是如此地雀跃，我真是感到羞愧。事前是满怀诗情，而现实却毫无诗情。（第 123 页）

从他对太浩湖的描写可以看出他对大自然的憧憬充满了浪漫主义的感慨和美妙的幻想，另外也看到了他被大自然严峻的现实击垮的样子。

正因为新闻界也能够接受用荒诞故事的手法表现西部无秩序的混乱，吐温的文学才开花结果，正因为被远远超出想象的大自然的雄伟所击溃，才形成了吐温格外宏大的世界观。可以说戏弄与被戏弄、欺骗与被欺骗这种西部特有的紧张感才使他的人生观、思想以及以《哈克贝利·芬历险记》为代表的文学结出了果实。

既存的世界观在西部世界完全不通用，从在那里生活的人们的身上，马克·吐温看到了可以称之为人类罪孽的深奥的东西。因为经历过在混沌中所有价值观都颠倒的体验，形成了后来吐温文学上最根本的价值相对主义。

塞缪尔·克莱门发现了自己当作家的命运，西部体验是他变身为马克·吐温这个角色的转折点，而且《苦行记》就是确立他这个角色的宣言。《苦行记》以回想"愉快之旅"结尾：

> 经过如此波澜壮阔的七年后，原本打算三个月的内华达矿山"愉快之旅"结束了。（第 542 页）

从体裁上他是有意识地写游记，以"愉快之旅"结尾，但是开头的序文作者自己是这样写的，这部作品不是单纯的游记，也不是自传，更不是论文，吐温在《苦行记》中编织了独特的讲述方式。即是《苦行记》创造出了吐温标志性的形象以及决定了他的叙述风格，西部这个异文化才是滋养吐温的土壤。

吐温将在西部大自然中发现的荒诞故事的手法迂回地运用到汤姆·索亚和哈克贝利·芬为代表的南部故事中，他继承了美国独特的叙述方式。

结　论

那么站在今天的旅游写作的角度来看，作者对少数民族的视角是否真的降低了《苦行记》的价值？从太浩湖美景描写中所发现的旅游视角，应该要否定他的浪漫主义的观光热？

他一生都在致力于再现并留住美国及世界激变的情景、即将消失的东西等这些主题。可以说《苦行记》之后的所有的写作成果都是一种记录过去的行为。时而怀旧时而浪漫中，可以发现他看自然和过去的视角。这是对即将消亡的事物的一种敬意，也是亲身经历了边界不断消失的激变时代的作者特有的笔致。作为证据，我们可以看到吐温描写的过去对大自然并不只是大肆赞美，就好像还有他被理想和现实之间的落差打垮的身影一样，里面伴随着只有在那个时代生活过的人才能描写出来的紧张感。吐温既描写了对大自然浪漫的感慨，也描写了自己被现实大自然的严酷击垮的样子，他创造了独特的叙述风格。通过导入旅游写作批评的观点，我们可以清楚地看到在西部大自然这个异文化社会中年轻的克莱门所经历的体验及其成果《苦行记》是如何影响马克·吐温的形成及思想的，我们可以找寻到他的记录正在失去的过去的这个主题思想的源泉。

注释

以 1895 年开始的世界演讲之旅为题材创作的《沿赤道一周》是马克·吐温的最后一部游记。这次英语演讲之旅给了他一个机会去观察帝国主义统治下的英语圈殖民地社会的实际状况。之后吐温发表政治声明批判了美国的膨胀主义。《沿赤道一周》销量不好，使得他下一部游记的写作计划受挫，吐温对《沿赤道一周》中没有写完的印度和南非燃起了强烈的动笔欲望。虽然是在游记繁荣的背景下奠定了作家基础的马克·吐温，他意识到在能够引起"统治与被统治"联想的帝国主义统治下，"旅游与被旅游"、"观察与被观察"这种游记必然的构图还是有一定的局限性。

西部作家吐温的前辈布莱特·哈特虽然比吐温年少，却是更早运用西部特有的光景作为文学素材的作家。作为地域色彩浓厚的先驱作家在文学史上也有重要的地位。他们两个人曾共同编了一部舞台剧"阿信"（"Ah Sin The Heathen Chinee"，1876），主人公是在哈特作品中登场的美籍华人。虽然舞台演出不成功，但是由于它展现了在西部顽强生活的美籍华人形象，现在重新受到了人们的关注。

在论述吐温的种族歧视意识时，多会把焦点放在他对印第安人的观点上。在奴隶制度下的南部出生成长的吐温，身边有很多黑人。因此吐温一直在从小被灌输的作为"物品"的黑人形象与现实中的黑人形象之间摇摆是可以理解的。但是正如让遥远存在的印第安人踏入了当时冒险故事的框架一样，在吐温的故事中印第安人只是让冒险故事出彩的"危险的存在"。在西部与印第安人以及美籍华人的接触，对他后来文学创作的主题"异乡人"产生了很大影响。

在《苦行记》中吐温把自己所知道的荒诞故事编成奇闻异事，在《哈克贝利·芬历险记》中这种形式有了更进一步的发展，表现得更为明显。所以说在小说家马克·吐温形成的过程中西部体验起到了非常重要的作用。

参考文献

Glotfelty, Cheryll. "Literary Place Bashing, Test SiteNevada." *Beyond Nature Writing: Expanding the Boundaries of Ecocriticism.* Eds. Karla Armbruster and R. Wallace. Charlottesvile: UP of Virginia, 2001.

Harte, Bret and Mark Twain. "Ah Sin: The Heathen Chinee," *Chinese Other, 1850 – 1925; An Anthology of Plays.* Ed. Dave Williams. UP of America, 1991: 39 – 95.

MacCannell, Dean. *The Tourist: A New Theory of Leisure Class.* Berkeley: U of California P, 1999.

Melton, Jefferey Alan. *Mark Twain, Travel Books, and Tourism: The Tide of a Great Popular Movement.* Tuscaloosa: U of Alabama P, 2002.

Pratt, Mary Louise. *Imperial Eyes: Travel Writing and Transculturation.* New York: Routledge, 1992.

Twain, Mark. *Roughing It.* Berkeley: U of California P. 1996 [《苦行记（上、下）》吉田映子、木内彻译（彩流社，1998 年）]。

Wonham, Henry B. *Mark Twain and the Art of Tall Tale.* New York: Oxford UP, 1993.

平石贵树：《马克·吐温的西部/南部》，原川恭一编：《美国文学的冒险——空间的想象力》，彩流社，1998 年，第 15—32 页。

八木敏雄：《马克·吐温为什么不写印第安人》，《ユリイカ》，青土社，1996 年 7 月号，第 100—109 页。

文学和环境的写实主义

——莱斯利·马蒙·西尔科的故事和照片

结城正美

> 赫必、阿兹台克、玛雅、印加这些部族不会消亡和变化。之所以这样说，是因为他们经常在变化。
>
> ——莱斯利·马蒙·西尔科《带着相机的印第安人》

1 关于环境的想象力

黛娜·菲利普斯曾对生态批评理论的脆弱性做过分析，她认为自 20 世纪 90 年代初生态批评作为文学批评理论在美国文学界登场以来，受到了近乎被无视的冷遇，原因就是生态批评中内在的写实主义志向。

"人类文化与物理世界是有联系的，它们相互影响"，以这个认识为基本前提的生态批评的写实主义立场抗拒现代文学研究中普遍存在的重视理论的现象，它敲响了警钟，认为在这种风潮下轻视常识化现实的文学研究是无法应对环境问题的。与现代文学批评理论不同，生态批评的关注点并不仅仅在于文本，前面的基本前提有所揭示，以此为基础的"有关文学与物理世界之间关系的研究"这个理论的定义也明确显示，它的主要着眼点在文本与物理世界的关系上。菲利普斯指出这种批评立场有两大问题，第一对文本与物理世界之间关系的关注会将语言表象与物理世界混为一谈，有时发展成"主张文学文本中有树木存在"，如果是这样的话，就没有想象力介入的空间，最后导致无法进行批评。第二点生态批评的目的是提高人们对物理世界的环境关注，与其说这是文学批评理论，不如说是一种"现实回归"的信仰。

生态批评果真"主张文本中有树木"吗？这很值得怀疑。但是至少说明了一个事实，它有可能被人们这样理解，它注重语言指示性侧面的倾向使得它被文学批评理论边缘化了。决定生态批评写实主义倾向的从文本表象通向物理世界的媒介是想象力创造的，还是参与环境问题宗教式的狂热所致？劳伦斯·布依尔主张文本表象对物理世界和知识活动都有进行说明的义务。如果是他，他可能会说对环境的想象力和参与环境问题的精神这两方面都是生态批评必须要关注的（Buell，92）。布依尔是生态批评界代表性的人物，他一语道破了象征着现代环境问题的环境危机中包含了想象力的危机，在《关于环境的想象力》中是如此说明写实主义对环境想象力的作用的，"文学写实主义的优点之一在于它的相对无能性。文本的使用范围是物理世界。写实主义无法支配物理世界，由此带来的是人们从根本上认识到写实主义的目的与其说是征服现实，不如说是通过古典浪漫主义的表象约定在容许范围内力求更接近物理世界的一种理想主义的尝试。"（Buell，113）我们在阅读文本时产生刺激性的想象力，在面对物理世界时就可能产生对想象力的冲击、刷新以及发现想象力的局限性，这才是写实主义的意义。布依尔的主张非常重要，因为它表明了生态批评的课题不是事后确认文本与物理环境间的有机关系，而是两者的媒介物想象力的可能范围问题。

在讨论有关环境想象力时，莱斯利·马蒙·西尔科的文学实践提出了重要的观点。她凭借《仪式》（*Ceremony*，1977）这部脍炙人口的小说成为印第安文学界的旗手。这位拉古那·普韦布洛人与白人混血的作家近年来在环境文学领域也颇受瞩目（参照文学环境学会编的《轻松阅读自然文学》）。也许与生态批评的风格有所不同，在西尔科的作品中也存在从文本转向现实世界的媒介。所谓的风格不同是因为西尔科的自然观与以自然和文化二元构图为基础的西洋近代自然观互不相容。用西尔科自己的话来说，例如普韦布洛式的想象中的风景不是英语定义的"一眼望去能够看到的土地"，他们理解的是"看景的人和自己所站的岩石一样都是风景的一部分"（"Interior"，27）。"看景的人是风景的一部分"借用西尔科另一句话来说就是"人类的意识存在于丘陵、溪谷、植物、云朵的内部"（"Interior"，27）。这种构成西尔科作品基调的自然观是以印第安人文学所遵循的口头传承故事结构为基础的，关于这一点，野田是这样论述的。"对于西尔科的普韦布洛的想象力来说，自然不是外部，它已经深植于人类意识即文化的内部，换句话说表象即世界、表象即自然。……在普韦布洛想象力所指示的世界中，自然与文化几乎是不可分割的，自然这种特定化的场所原本就不存在。存在的只是'风景'，或者说是'故事'的表象空间。"（野田，第301页）拉古纳·普韦布洛的世界观如果与内部/外部、表象/眼前这种二元式的思维方式不沾边，或者说如果无法想象文化与自然的乖离，那么想象力是两者的媒介的这种想法他们就不可能有。换句话说界定表象到物理世界的媒介物是一种矛盾行为，但是在自然、文化、想象力没有被分割的故事世界里，在拉古纳·普韦布洛共同体内部讲述传统仍然延续的时代没有任何问题是可能成立的，但是现代讲述者西尔科面临的是什么样的状况呢？

　　西尔科的文学创作活动是在现代社会，与共同体内部讲述的时代有根本的不同，首先是口头传承文化向阅读书写文本文化的转变，伴随而来的是听众的变化。在印第安人文学所遵循的"讲述"传统中，前提是讲故事的时候"一直要有听众"，把"听众"无意识中已经拥有的不同故事提到有意识的高度，这就是讲述者的职责（喜纳，第181页）。这种听众与讲述者之间的关系成立的前提是故事中讲到的场所他们双方都清楚。场所的共知性在共同体内部讲故事的时代也许不成问题，但是在由美国、世界各地不确定的人群组成的西尔科的听众中有多少人熟悉她讲到的场所——不单熟悉，甚至熟悉到自己的意识存在于场所内部的程度？

恐怕西尔科在面对那些不知道故事中讲述的场所、自然以及风景的听众时，组织语言一定很困难。从 20 世纪 70 年代起，她就开始着手新的课题，即通过把讲述的场所视觉化，在听众和讲述者之间导入"位相"。通过场所、故事讲述者的照片与文本结合构建了故事的世界。着眼照片这一点，暗示了在把物理世界翻译到纸面上时语言表象具有一定的局限性。从另外的角度看也可以说这是一种积极的尝试，一种探究以书籍为媒体的故事的写实主义的尝试。下一节开始论述这种尝试的成果《讲故事的人》（*Storyteller*，1981）和《圣水》（*Sacred Water*，1993），考察故事的写实主义追求、文本、物理世界、想象力的交涉轨迹。

2　故事的写实主义
——《讲故事的人》

关于把故事中讲述的场所视觉化，西尔科在 1979 年 10 月 17 日写给朋友诗人詹姆斯·拉伊特的信中是这样说的：

> 电影项目就像是把这块土地——十月的丘陵、干涸的山谷、岩石、白杨翻译给那些不知道的人。故事中的一切和我们一样都来自这块土地。把普韦布洛的故事翻译到书面上，总有一种落寞的感觉。声音、脸、手指、动作给了故事生命，如果讲述者在故事中召唤的土地读者不清楚的话，他们就无法理解拉古那人绝不可能错过的重要的事情。拉古那的故事大部分是共知的，所以多余的东西都被削掉了。……所

以我想要借助一位技术高超的摄像师的力量用最忠实的形式
展现拉古那的讲述者心中的故事。我是为了创造出故事的发
生场所即背景才运用电影这种形式的。（Wright，24—25）

这里谈及的电影项目是指西尔科想把拉古那·普韦布洛的故事拍
成电影。电影只拍了一部，后来她把对故事视觉化转移到了照片
上。引用的一节中提到的对影像的期待同样也适用于照片。对西
尔科来讲，场所的视觉化就是把故事发生的场所翻译给读者的一
种手段。翻译意味着转换，同时也意味着一种接近。西尔科的所
谓场所翻译，场所不仅仅是丘陵、干涸的山谷之类的物理土地，
当然其中也包括将读者的意识引导到故事发生场所的讲述者的身
体语言，把这些东西转换到照片中，使被翻译成文本的故事更接
近故事发生场所，使读者更接近故事的世界。照片和文本两种翻
译的目的都是为了"用最忠实的形式展现拉古那的讲述者心中
的故事"。结合前面讲的拉古那·普韦布洛的想象力的存在方
式，我认为它指的是讲述的精髓即把读者的意识和想象力引导到
故事中讲到的场所内部，或者说它指的是应该保存的不可或缺的
讲述精华。《仪式》中巫师贝托尼说到在变动的世界中为了维持
传统的仪式就必须采用"新的仪式"，作家用两种翻译的目的也
是为了适应社会和听众的变化通过创作新的讲述来保存讲述的
传统。

在《讲故事的人》中西尔科首次尝试通过照片和文本结合
的方式构建讲述的世界。在这部作品中，为了把故事的背景视觉
化运用了各种策略。首先经常讲故事给西尔科听，对她来说是讲
述者的姨婆苏茜和曾祖母玛丽（Grandma A'mooh），关于她们的
说明和照片提示了她们的身体存在。在《讲故事的人》开头用
诗的形式介绍了苏茜，少女时代的西尔科就知道年轻时的姨婆对
知识充满了好奇心，以及作为保存和实践口头传承文化的最后一
代人苏茜姨婆的自觉性，这些说明定位了这位讲述者生活的社会

和文化背景，她是以身体存在出现在作品中的。关于苏茜姨婆的身体性，通过她的照片得以丰富，以具体的视觉图像的形式投入到了读者的意识中。那张照片是在西尔科小时候夏天经常去的姨婆的农场拍的，照片中她一身整洁的衣服，头发盘起，她用既温柔又严厉的目光注视着年幼的西尔科。讲到阿姆奶奶也是一样，用文本和照片向读者提示了身体存在。照片中戴着眼镜白发苍苍的老人正在给半张着嘴听得入迷的西尔科姐妹俩读故事（从照片中可以看到书名 *Browine the bear*，第 33 页）。之后讲到阿姆奶奶读故事时"非常生动丰富/声音抑扬顿挫/好像每只熊都会说话似的/我一直认为讲述者就应该是这样"（第 93 页），当读者读到这里时，老人的表情、动作甚至是声音在读者的想象力中被唤起。这也是一个读作品与听故事互相交错的瞬间。

在文本与照片构建的讲述的位相这一点上，C. S. 蓝根指出的照片的构成带来的效果也是不可以忽视的。《讲故事的人》约 270 页，收录了 26 张照片。当读者把视线落在照片上时，追逐文字的目光就会停下来。时而会思索文本与照片的关联性，会为了获取拍摄的风景或人物的相关信息翻到卷末看附带的说明，时而只是一瞬间目光投到照片上很快就转回到文本，即使如此也妨碍了读书行为。作品中随处插入照片而且照片没有解说词，说明被放到了卷末，这样的话就不可能顺畅地阅读。但是从听故事比读故事花费时间这个角度考虑的话，也可以说这种照片与文本的交涉成功地在读书经验中导入了"口头传承的速度"（Langen，9）。

《讲故事的人》收录的照片都不是西尔科本人拍的。"这里收录的照片很多时候是因为照片就是故事的一部分/很多时候还可以通过照片追溯故事"，这是作品开头写的。这是一部由自传、故事、诗歌、随笔、照片构成的顶峰之作。但是如果说照片是故事的一部分，那么是谁的故事呢？这部作品题目——"讲故事的人"是谁？书的封面标题下配了一张西尔科的照片，所以容易引起误解，西尔科说讲述者应该是"匿名"（Langen，9）。匿名的故事就是谁的故事都不是。但是谁的都不是的话，就有可能成为任何人的故事。喜纳育江指出，实际上拉古那·普韦布洛的故事不是谁讲过了就完结了的，而是"故事不断地生成，一个故事有可能成为另一个新故事的母体"。"故事的生命"伴随着无数的多重的讲述者所带来的匿名性。（第184页）苏茜姨婆给西尔科讲的故事，西尔科通过自己理解重新讲述时，是可以确定故事的讲述者。照片也一样。26张照片是西尔科精心挑选配置的，摄影的人各不相同。其中大多数都是西尔科父亲李·H. 马蒙拍的，所以有评论说"相机背后父亲的目光贯穿了整部作品"（Wong，194）。作品中最后一幅照片少年马蒙露出无邪笑容，这次他是站在被拍摄的立场，看到这张照片（照片26，《讲故事的人》第274页）时，贯穿《讲故事的人》的父亲的目光，与养育他的共同体的目光交错在一起。摄影者虽然是李·H. 马蒙，但是形成他视线的共同体的想象力贯穿在照片里。这种多重性的构造如同故事与讲述者之间的关系一样，带来的是摄影者的匿名性。从这种意义上说，照片也赋予了故事生命。

不是任何人的也可能是任何人的共同体的故事和目光。《讲故事的人》中的文本与照片的结合唤起了共同体的想象力。读者在多大程度上接近文本、土地以及想象力交错的故事的写实主义，这一点我们只能推测，但是《讲故事的人》中文本与照片的重奏确实形成了吸引读者想象力的磁场。

3 故事世界的感光度
——《圣水》

与《讲故事的人》不同，《圣水》是由西尔科自己的故事和照片构成的。如书名所示，作品的主题是水。西尔科讲述了对于在干燥大地生活的人类和动物来说水是如何珍贵和神圣的故事。

故事中有与降水量较多的阿拉斯卡部族对水敬畏虔诚的态度的共鸣，也提到了核泄漏以及铀采掘造成的水质污染等现代问题，她把人和水的地域关系放到了全球的背景下。这部西尔科自己排版、自己处理照片出版的作品拒绝向市场低头，是一部非常有个人风格的作品。横田由理指出，关于环境问题的"有毒论"的形成说明作品也带有政治性的一面（第448—455页）。还有，与《讲故事的人》相比它在故事背景视觉化方面做得更加彻底，作家亲手制作使得讲述者西尔科身体性的程度更强烈。第一版出版后西尔科接受了读者的批评，在第二版中修改了语法错误。这象征着讲述者与听众间有机的关系以书本为媒介得以具体体现，可以说这部实验性的作品显示了西尔科文学的写实主义已经到达了一个高峰。

《圣水》这部作品文字有77页，中间还收录了36张照片，除了一部分例外，打开后左右对称的两页，一页是故事，一页是照片。几乎所有的照片和文字都只占到页面的1/5到1/2，感觉不出两者之间的视觉层次。照片都是西尔科自己拍的，用激光打印机的照片模式印刷出来的，她是有意想做出"无修饰抽象的"图像效果。（Sacred，80）水是作为一种构建有关水的故事世界、实现故事的写实主义的手段而被使用的。有意使照片达到"无修饰抽象的"效果的西尔科故事的写实主义明显与西方照片史上的写实主义不同。在大学时代，西尔科所谓写实主义派的照片保持着距离，而这种照片具有记录"现实的事物现象"的特征，随着16世纪暗房的普及以及19世纪初期达盖尔照相法的发明得以普及，到20世纪美国爆发式发展的新闻摄影到达了一个顶点。（Lovell, et al. 57）其中《生活》杂志的摄影小品就是"最出色的摄影家用最亮丽的照片讲述故事"，在没有电视新闻和卫星接收技术的时代，照片作为传达世界发生事件的一种方式深受读者欢迎。（Lovell, et al. 105）

西尔科爱用价值99美元的35MM自动对焦相机，恐怕她是

"最出色的摄影家"的相反的极端。专业摄影师也许会在意"装置、快门速度、焦距"之类的"技术上的细节",这种有意而为之的行为结果就是夺去了照片的自觉性。西尔科说她想尽量避免这种情况。("Geremony",22)。西尔科讨厌有意识地拍照,她希望用潜意识的自我去拍摄。她不追求照片的鲜亮,她用激光打印机打印以增加照片的抽象度。她的这些拍摄理念与西方写实主义完全是对立的。正因为如此,才能在故事世界中发现这位作家的写实主义倾向。"希望用潜在意识的自我去拍照"西尔科这种观点也和前面提到的构成故事写实主义基调的"人类的意识存在于丘陵、峡谷、悬崖、植物、云朵和天空的内部"这种见解绝妙地相互呼应。

《讲故事的人》中通过摄影者的匿名性唤起的共同体的想象力,在《圣水》中摄影者西尔科期望通过"潜意识的自我"得以曝光。如果把西尔科称之为潜意识的自我理解为所谓场所内部存在意识的拉古那·普韦布洛的自己,那么这种想法没有错。如果是这样的话,那么正确地说这部作品中收录的照片,云、水边、岩石、花等都不是风景照片,而是拉古那·普韦布洛人想象力的显现/幻象。在解读云朵时,他们认为是过世的人们把慈爱化成了雨。拉古那·普韦布洛族的人们对生活在美丽湖水中的巨蟒非常敬畏,他们认为蛇是与原始世界联系的媒介物。山岭上涌现的大片的发光的云彩,在水面优雅地划出弧线的巨蟒,当读者把这些照片作为视角一部分来解读拉古那·普韦布洛族人的世界时,照片的作用不是提示故事中提到物象,而是作为读者接触讲述者想象力的机会被期待的。

4　结束语

通过文本与照片对故事多重的以及重奏式的翻译,意图把读者的想象力引入到讲述者的世界里,西尔科的这种文学实践暗示了把读者的想象力从文本表象转向物理环境这个生态批评命题时蕴含的困难以及复杂性。关于"树木"的文本表象与物理世界存在的"树木"之间要想有机地联系在一起，那么两者之间的媒介、作者的想象力以及读者的想象力都是不可缺少的。不能说生态批评对想象力的问题已经论证得非常充分。也不是说生态批评片面地理解了树木就指"树木"的语言的指示性。在这里只是想再次确认全面肯定语言的指示性是武断且危险的，还有菲尔普斯指出的导致想象力不在结果是有可能发生的。采用了视觉图像的西尔科的文学写实主义，如果再深一点说它暗示了语言指示性一面的局限性。语言无法翻译出的现实的一面用照片翻译，在《讲故事的人》和《圣水》中都有所尝试。无论从中我们读出的是语言的局限性，还是发现了新的文本文化的可能性，有一点毋庸置疑，就是西尔科的文学实践提示了环境想象力相关问题的深刻性。

参考文献

Buell, lawrence. *The Environmental Imagination：Thoreau，Nature Writing and Formation of American culture.* Cambridge：Harvard UP，1995.

Elder, John. ed. *American Nature Writer.* 2 vols. New York：Scribner's, 1996.

Glotfelty, Cheryll. "Introduction：Literary Studies in an Age of Environmental Crisis." *The Ecocriticism Reader：Landmarks in Literary Ecology.* Ed. Cheryll, Glotfelty and Harold Fromm. Athens：U of Georgia P. 1996. xv – xxxvii.

Langen, Toby C. S. "Storyteller as Hopi Basket." *SAIL5.* 1 (1993)：7 – 24.

Lovell, Ronald P., FredC, Zwahlen, Jr., and James A. Folts. *Two Centuries of Shadow Catchers：A History of Photography.* New York：Delmar, 1996.

Phillips, Dana. *The Truth of Ecology：Nature，Culture，and Literature in America.* New York：Oxford UP，2003.

Silko, Leslie Marmon. *Ceremony.* New York: Viking, 1977.

——. *Storyteller.* New York: Arcade, 1981.

——. *Sacred Water.* Second ed. Tucson: Flood Plain, 1993.

——. *Yellow Woman and a Beauty of the Spirit: Essays on Nature American Life Today.* 1996. New York: Touchstone, 1997.

——. "Introduction." *Yellow Woman.* 13 – 24.

——. "Interior and Exterior Landscapes: The Pueblo Migration Stories." 1986. Rpt. in *Yellow Woman.* 25 – 47.

——. "The Indian with a Camera." 1990. Rpt. in *Yellow Woman.* 175 – 179.

Wong, Hertha Dawn. *Sending My Heart Back Across the Years: Tradition in Native American Autobiography.* New York: Oxford UP, 1992.

Wright, Anne, ed. *The Delicacy and Strength of Lace: Letters between Leslie Marmon Silko and James Wright.* Saint paul: Graywolf, 1986.

喜纳育江:《美国先住民的身体和故事——莱斯利·马蒙·西尔科和〈仪式〉》,西村顿男、喜纳育江编著:《印第安人的文学》,密涅瓦书房,2002 年,第 181—200 页。

野田研一:《表象与现存——现代自然文学方法的怀疑》,《ユリイカ》1996 年第 28 卷 40 号,第 200—212 页。

文学·环境学会编:《轻松阅读自然文学——作品指南 120》,密涅瓦书房,2000 年。

横田由理:《有关污染学说——〈圣水〉的回归》,伊藤诏子、吉田美津、横田由理编著:《美国的新风景——从生态批评视角》,南云堂,2003 年,第 434—450 页。

Ⅲ 亚洲的自然和文学

亚洲对话的继续

主持　野田研一

2003 年 3 月 6 日

研讨会 2 "亚洲的自然和文学"

演讲者　高银（诗人　韩国）

刘克襄（作家　中国台湾）

森崎和江（作家）

崎山多美（作家）

在研讨会的开头，我们通过投影观看了由福山县制作的"环日本海诸国图/富山中心正距方位图"（1：3500000 比例尺）。这就是历史学家冈野善彦的《日本是什么》（讲谈社，2000）中曾介绍过的成为话题的"倒置的地图"。这个地图不是从太平洋方面看过来的，而是从亚洲大陆看过来时的日本列岛，给我们的感觉与小时候看惯的日本列岛正面角度的南北为纵轴的普通地图完全不同。就像熟悉的街道因为从与往常不同的方向进入，突然被异化了一样类似获原朔太郎的"猫街"的感觉。中国大陆、朝鲜半岛、包含冲绳的西南（冲绳）诸岛、台湾北端把日本海和东海像内海一样围起来，几乎都是连在一起的。網野善彦说"日本国是以海为国境的远离其他地域的孤立的岛国，这种已经广泛渗透到日本人心中的日本像完全是只存在于意识中的虚像，这一点谁都能清楚地看出。"冈野继续指出"孤立岛国"的虚像植入日本人的心中是明治维新以后的近代国家，这种虚像是强大的"国民国家"社会思想的中枢部分。而且，半世纪前这些地域几乎都是日本的殖民地。这是无视"大海是自然的一种状态"的国家意思所带来的结果，正因如此才有必要进行这样的对话的尝试。

在研讨会2"亚洲的自然和文学"中，我们邀请的讲师有韩国诗人高银、中国台湾自然文学作家刘克襄、日本北九州作家森崎和江以及冲绳作家崎山多美。如果把这几位的居住地连在一起，就好像看到了前面提到的"倒置的地图"一样。但是我们也许被近代日本"地图的思想意识"所毒害，因此这样的感觉并不清晰。把亚洲关系的地图翻过来，我们必须由此开始自然及文学相关的工作，这是研讨会给我们指出的事实。

首先演讲的是来自韩国和中国台湾的两位作家。高银被称为"韩国最接近诺贝尔文学奖的作家"，一直站在民主文化前列的斗士的他却是个温柔敦厚的人。在演讲中他首先谈到世界上很多语言面临灭绝的危险以及使用自己语言的重要性，然后讲到日韩关系、冲绳的历史和现在，在此基础上进而谈了对今后应该建立的亚洲自然观的希望。刘克襄是中国台湾地区自然文学的先驱者，在演讲中他坦率地指出了在对抗环境恶化的过程中"生态报道者"活动的意义以及与传统文学的纠葛常常存在于包括他自己在内的中国台湾自然文学作家的创作活动中。

森崎和江出生在殖民地时代的朝鲜半岛，在那种自然中成长的她，战后回国后，痛切地感受到对"内地"日本的不适应，以及对韩国深重的罪恶感。在演讲中她回顾了自己的这些经历，指出了自然对人的成长影响是多么深刻，同时也指出漠然无视自然的近代国家的意志是造成森崎"被分裂的自己"的罪魁祸首。"冲绳不美丽"、"讨厌冲绳的大海和高山"，崎山通过这些挑衅式的发言，谈到了别人对于她的有关冲绳岛作品的极其粗略的评价。这种评价中"冲绳"的意识暗中起到了强大的作用，也就是说与观光相同的眼光也纠缠着文学作品和人。

我们可以感受到不同讲师所属的不同社会在东亚地区急速近代化的过程中传统的自然观与近代的生态观之间产生的巨大纠葛。作为主持的我聆听了各位的发言，让我产生了强烈的想法，"也许我们共有相同的纠葛"。这是一种危机，同时也是一种希望，探求新的"表现自然的文学"的希望。冈野善彦认为，包围了日本列岛的大海不只是阻隔了人与人，它的"交通"性所起到的连接作用这个历史也值得关注。以森崎和江的《唐行小姐》为代表的作品，讲的就是大海的"交通"的故事。我们有必要重新站在这样的视点上继续亚洲的对话，这就是"希望原理"。

对东亚自然和文学的思考

——在冲绳的发言

高银/松原孝俊　译

　　这个地球上已经没有遥远的距离。对人类来说救赎之地已不是遥远的距离，而只能是时间的距离。十五年前冲绳在我心中是遥远的地方。这个遥远之地，今天我就在这里，我再次做客冲绳。感谢你们邀请我来到这么美丽的地方。

　　1988 年在支持韩国文化运动的日本有识之士邀请下，我参加了东京和冲绳举办的活动。当时负责安排我停留期间日程的日本电视台的朋友提议我访问冲绳。

　　最初的印象，我感觉冲绳与济州岛在生态上和民俗上都没有什么不同。太平洋战争末期在冲绳决战中牺牲了很多韩国民众。我给他们扫墓结束后，也谈了对嘉手纳美军基地的感想。

　　冲绳立即唤起了我过去的"血族情绪"。从悲惨的战争中幸存下来的 95 岁的老婆婆与我的曾祖母的形象重合在了一起。

　　冲绳曾有过无近代国家概念的共同体时代长期存续下来的传统社会的骄傲。这与现代的新的有效的无政府主义和生态学的社会理论也大体吻合。

　　公元 10 世纪以后冲绳仍然存在着由"按司"统治的朴素的德治社会，由此我联想到自由给这个被海包围的悠久的海洋民族注入了自律的活力。

在 17 世纪还未被萨摩势力侵略以前，琉球王国作为与中国、菲律宾以及东亚各国往来的海上交易中心曾经繁荣一时。他们从韩国引入了佛教，这个事实在《朝鲜王朝实录》中有明确记载。不仅如此，用琉球语创作的文学以及原色的艺术独特性也在无数次台风的试练中得以传承。

但是 19 世纪后期，日本将其纳入了殖民地，不断地强化日本同化政策，冲绳的方言被禁止使用。昭和战争末期，相当于总人口 1/4 的 26 万人失去了生命，其中 10 万人是冲绳人。杀害他们的不只是美军，还有不少是被日军惨杀的。琉球列岛有史以来第一次变成了地狱。

战败后，日本把冲绳割让给了美国。众所周知，这是日本天皇最先向麦克阿瑟提出的建议。20 世纪 70 年代，冲绳再次回归日本，实际上处于日本和美国的共同支配下，一直延续到今天。

我访问的时候，日本已经答应美国冲绳各地的基地可以使用到 2007 年。对美国来讲即使在冷战以后冲绳也依然是一个重要的军事战略基地。

在冲绳居民的生存权斗争中，出现了一场反战地主运动，恢复被夺取的土地的运动一直在进行。他们说："不是冲绳里面有美军基地，而是美军基地里有冲绳。"

冲绳诗人高良勉写道："就像大浪每次冲刷过白色的沙滩，如被推土机推倒，岩石裸露出来一样，冲绳的无辜少女被美军当成性玩具。"

战争结束后，美军成功地完成了冲绳登陆作战，1949 年 9 月他们顺势以占领军而并不是解放者的姿态进驻了韩国，他们依然延续了日本殖民地体制，开始了美国军政。之后韩国的基地与冲绳基地发生了各种问题。最近韩国发起的蜡烛游行可以说是其中之一。

我不认为我对冲绳的上述发言跑题了。冲绳也是亚洲的一员，虽然军事紧张、解放等各种状况在发生改变，但是不能说东

亚的自然与文学这个命题与他们要恢复本来的自然以及夺回失去
的土地的问题没有任何关系。

大家都知道在亚洲古代的意识中自然是不与任何事物对立
的。老子的无为也可以说是自然的另一个名称，再加一句无为自
然是其自体。佛教的真如可以说是一种脱离生死境地的无为自
然。这与古印度的梵净与自我合一的宇宙观是相同的。

发源于喜马拉雅山脉南北的这种思想隐藏着自然与人类不可
分离的真理。自然是人类生存之地，同时也是不可避免的死亡之
地，人类与其他生物没有什么不同。

然而有一种主张认为灵长类的人类应该被放在优势位置上，
最终结果就是导致生态系统的破坏，因此常常受到批判。

亚洲的自然和一系列的自然思想时至今日经历了很多的曲折
变化。把自然定义归结为生和修行的道场以及神仙和风流等超越
世俗的精神等，事实上在现代化的进程中这些是必须要废除的。

现在只要与自然和生态环境有关，多会向以人类和自然二元
条件为基础的管理彻底的西欧社会学习。笛卡儿确信人类是自然
的主人，是自然的所有者，这种征服主义是没有资格去抨击亚洲
各地的乱开发之类的是贱民资本主义的动机。

我没有能力展望亚洲文学的整体，因此我不能确信地说在今
天的亚洲文学中自然是如何存在的。

在20世纪90年代以前的东亚的现实是自然，只不过是逃避
现实的手段。这种自然被看作是罪恶，它远离人类痛苦，回避其
他各种社会矛盾。

东欧以及苏联解体后的巨大变动使我们领悟到在工业化、都
市化的社会里最迫切的问题就是环境。现在的"自然"可以说
是人类的故乡，是必须要探寻的新的世界。

因此亚洲文学最重要的主题不是远离自然。在冲绳这里必须
要通过体验古代流传下来的歌唱自然与自然精神的诗歌来克服近
代文学以人类为中心的局限性。东亚的文学史传统一直以诗歌为

中心。在古代的传统社会中，政府官僚任命考试也常常以诗歌的合格与否来做评判标准。与此相关，也有人认为逃离体制在自然中生活，让诗更接近自然是一件幸福的事。

从体裁上来说，并不是没有散文之类的叙事性的发展，只不过总是被挤到韵文的一边。18世纪，韩国的文人彻底排斥小说也是为了捍卫古代传下来的诗歌这种文学形式的尊严。古希腊的叙事诗和戏剧诗描写的是人类的命运，虽然把自然作为命运的背景，但是自然只不过是被当作介入人类行动的合适的工具而已。东亚的文学与此不同，至少在近代以前，比起人类活动的叙事更多的是表现人类是自然的一部分。李白的豪放世界不也是从大陆广阔的自然空间里产生的吗？

而这种自然主义的社会和文学却成为西方近代社会思想指责亚洲生产模式以及亚洲停滞性的理由。

在以诗歌为传统的东亚，自然一直有两种表现。第一种是把自然形象化时让人类也介入其中的状态，第二种是人类的痕迹都不需要，只追求自然静寂的状态。日本的"物哀"也可以通过这个说明来理解。

但是这种文学的核心要素在近代亚洲已经寻找不到了。这与东亚的近代移植了西欧的近代的观点也有关系。特别是近代小说和近代诗的叙述者几乎都盲目相信自我意识。至少可以说20世纪后期到21世纪初期的都市虚无主义伤害了现代文学中的"自我"，这是个事实。

亚洲文学重新觉醒后所应该接受的自然很明显不是回归传统，至于如何超越传统现在还不清楚。

这个课题也许是个必须放到文学与其面临的状况之间密切的关系中才能解答的问题。首先通过世界史的转换从根本上清算中国大陆的新中华主义以及日本帝国主义的残渣，当东亚各地区能够相互融合时，悠久的汉文化才能期待以新的多样化的形式存在下去。

　　就像自然中许多生物物种灭绝了一样，我们也见证了地球上存在的数千种语言被巨大语言吞没的事实。在自然和文学的问题上，我们首先应该做的工作就是努力守护好世界上众多的小语种。

　　自然对于人类绝不是一个慈悲的空间，自然的暴力是彻底的弱肉强食。但是这种法则可以说是维持原始自然状态的不可缺少的自然的系统。这种暴力远比人类野蛮的自然破坏和贪得无厌更有伦理性。在这样的条件下，如果说文学是时代的第二生命，我们应该可以从亚洲思想中枢的自然中学习到很多东西。

　　在这种意义上也许现代是另一个古代。我们可以通过1500年前新罗僧侣诗人月明那里体会到古代自然的"神明"。月明的笛声传到了天上的月亮上，月亮停下脚步倾听，确实有人天相通的感觉。由于姐姐逝去而带来的悲伤情绪进一步升华的状态下，他用心中的宇宙心象展现出了必须历经十万亿土地才能到达的西方净土。

　　古代，冲绳的母亲会告诉年幼的孩子，人类如果有三只眼，即两只肉眼、一只心眼，那么就能实现永久的回归。我希望领悟诗歌是人类的眼泪，同时也是比这更早的自然的眼泪。这可以通过各种自然现象自然体会到，但是通过教育是不可能办到的。

　　自然最厌恶的是近代的教育。

生活者的异文化交流之旅

——自然界的生命永存

森崎和江

    我一直以写作为生，在回顾自己的表现时，不能不讲到培养了我幼年期感性的以前的朝鲜也就是现在的韩国的自然界。当时的社会环境还处在殖民地统治下。但是当地人民的历史和文化已经深深地渗透到了风土中。在这种环境中，河水奔流，草木生长。我虽然生长在日本人的居住区，但是我极度热爱拂面而来的超越了内外界限不断生成的自然界的情形和光线。

    幼年时期画纸和蜡笔就是我的玩伴。我常常拿着蜡笔靠在摇晃的大门上，一边抬头看着朝阳升起的天空，一边在画纸上涂色。但是那个早上，光线不断地变换着颜色，那是一种超越了七色光的光辉。太过美丽，以至于我放下了涂色和刚开始写的文字，就这样一直仰望着天空，眼泪流出来了。"小和，吃饭了！"餐厅传来母亲的叫声。但是我无法出声，身体也没动。这时父亲打开了后门说："和江，吃饭了。"我的眼光与父亲的目光交汇了。看到画了一半天空流泪的我，父亲用力点了一下头。好像说"是这样呀"。啊，父亲变得好小。朝阳洒在仰头看天空的父亲身上。大人也像蚂蚁一样小，和我一样。突然我的身体变得柔软了。然后我就从后门走进了餐厅。在走到后门短短的几步中，我看到了延伸至坡下的街道，如此可爱，天空如此广阔。

那时常和父亲出去散步。母亲生下妹妹之后又生了一个小弟弟。母亲和保姆要准备晚餐，爸爸大概是为了帮忙才带我出去的吧。我们常常在居住区外面边唱着童谣边散步。一天黄昏，我看到了一棵高大的白杨树。我伸出双臂环抱着白杨的树干。我轻轻地说："白杨，我喜欢你。"突然我听到了白杨树干中水流的声音。我闭上眼睛，耳朵贴在树干上倾听，好像听到了大河的水流的声音。我忘记了站在身后的父亲。活生生的白杨，那是生命的声音。被大白杨树环抱着，我闭着眼睛，就这样一动不动地站着，身体靠着大树。水流在低语。我很快身体离开大树，抬头看白杨茂密的枝条。在树叶深处，一群麻雀像合唱似的叽叽喳喳地叫着。从四面八方不断有鸟儿飞来。"那是麻雀的窝"，后面传来父亲的声音。

像这样的体验，幼儿时期还有很多。大雪后的清晨，我踮起脚尖来到院子里，轻轻地趴在雪地上低声地说："雪，我喜欢你，谢谢。"随后站起身。这时雪地上留下了两个浅浅的手印、膝盖印和脚印。我把黏在两手和鞋上的雪弄掉，自言自语说："对不起。"透过后院的院墙，我看到孔子庙的院子被雪覆盖着，非常宽广。

幼儿时期与外界的交流和日常用语一样不断增加，很快就形成了我内心的东西。在我的原风景中，有这种对生的最初的认识，以及在这块土地上生活的语言不同的朝鲜人、中国人、俄罗斯人以及其他欧洲人的生活。但是，长大成人的我一直被这个事实上蛮横无知的幼小灵魂的实体所困扰。

1927年我出生于庆尚北道的道厅所在地即现在的大邱市。随着父亲的调任，我们辗转先是到了新罗的古都庆州，然后又在庆尚北道的金泉住了数月。战争结束的前一年我渡海来到玄界滩准备留学，我进了福冈女专。很快战争结束了。因此可以说培养了我身心的自然环境就是从1927年开始以后的17年时间。

17岁，我渡海回到了父母的故乡。教室内的用语与当时所谓"外地"殖民地是一样的，但是教室外的以日常用语为主的生活文化对我来说大部分都是陌生的。在陌生的世界中该如何生活，我茫然无措地徘徊在战后被烧焦的土地上。我钻进了从战火中幸存下来的九州大学文学部的资料室，开始阅读总督府资料。我想起了在庆州去世的母亲以及父亲安慰母亲的话。在我成长的过程中，父母对我的家庭教育方针就是自由放任。这里有很多父亲曾经批评过的以个人名义调查的总督府资料。虽然是政府官员，父亲说过想在朝鲜买私有土地之类的话。还有一些父亲尊敬的人手写的民俗资料。在充满彷徨的 1950 年 6 月，福冈响起了空袭的警报。朝鲜战争突然爆发。驻扎此地的美国占领军的飞机从市内的机场飞往朝鲜半岛去接伤兵。很快三八线把朝鲜半岛分割成了南北两块。朝鲜半岛被分割的状况就如象征我的诞生罪孽深重一般让我感到战栗。

南北分离宣告了 20 世纪的实际状况。虽然还要继续传给新诞生的一代人，我质疑 21 世纪的智慧。无论什么时代，无论你是世界上哪个地方的人，诞生的生命要不断地与外界产生交感全身才能存活。我小时候是无意识地开始这样做的。在陌生的风土中我希望重新活。我希望自己重新活过，总有一天回到那块他民族的土地，悄悄地道个歉。虽然看不到希望，但是只能承担起个人应负的责任活下去。

写作与画画，好像生下来就会的游戏，但是最终我还是只能靠它们为生。日本是什么，我不断地开始自问之旅。从事文学活动二十多年后，也就是在 1968 年 4 月，我才开始正视自己作为殖民二代的过去，出版了《庆州，母亲的呼唤》（新潮社）。战后第一次访韩是 1968 年 4 月，我作为已过世的父亲的代理人被邀请参加庆州中学三十周年纪念活动。在那里与解放后的兄长辈的一代人进行了倾心交谈。在此之前，来九州大学农学部留学的、与我同代的第一位韩国学生曾辅导过我韩语的读写。经过这些事，终于使我能够拿起笔来写下自己过去所处的自然环境以及

与幼小灵魂的交感，并能够客观地认识自己。1986 年发表了
《到回声响彻的山河中去——韩国纪行》。这本书是根据我和成
长在新时代韩国的女留学生一起访问韩国的经历写成的。分裂后
的社会人们渴望统一，不断地在寻找各自的道路，我写的就是与
邻国的这些相识的或不相识的人们相遇的故事。社会和个人都遭
受了深深的伤害和痛苦，但是为了明天还在努力地活着。其中有
我的一位韩国老友，他经营一项称为爱光园的社会福利事业。通
过这项事业，我的草根交流每年都在深化和扩展，一直到现在。

2003 年春天，我有了一次意外的体验。文学·环境会邀我
参加国际研讨会。出发之前，我接到了支持该学会的读卖新闻西
部本社的联络，他们希望我发表几篇关于学会的状况和感想的文
章，下面的章节是后来在该报纸西部版上发表的文字。

3 月 4 日至 3 月 7 日由 ASLE-Japan/文学·环境学会主办的
国际研讨会在冲绳的琉球大学法文学部召开。开幕式上美国代表
诗人加里·斯奈德做了基调演讲。最后一天的旅游考察是参观斋
场御狱，这是一个象征了冲绳文化、历史、自然环境的景点。期
间，在第一、第二、第三主题研讨会上，研究者们发表了很多个
人的研究成果，也有很多精彩的朗诵。而我只不过是 6 号开始的
研讨会 2 "亚洲的自然和文学"邀请的一介市井诗人而已。一直
以来过着与学术无缘的生活。我也是第一次听说 ASLE-Japan。
从 80 年代后期开始，美国文学的研究者们关注自然环境与文学
的接点，为了寻求与国内外研究者共同交流的场所，1994 年成
立了这个学会。美国、英国、澳大利亚、韩国都有设立。他们积
极地举办各种研究和教育活动。

找寻一个互相交流文学·环境的场所一直是我多年的梦想，
所以当事前接到是否出席集会的问询时我欣然答应前往。从小时
候起，母语就已经不再提"女人是自然，男人是文化"这种说
法，而作为归国子女的我一直梦想这个固定观念能够引起地壳变
动。为了这个目标而活着。这次集会对我来说是作为自然界的一

员进入表达自己心声的场所的第一步。

文学·环境对我来说包含了自然环境和社会环境，两者都是人类的活动场所。人类总是反复地偏向利己主义的现象。文学是内心的斗争，是对自然界生命永续的爱。幼年时期这些事情在生活中常常听父母讲。"女孩子每天只做三顿饭可不行，要做一些社会性的有意义的工作，要尊敬朝鲜人。"

在他民族的土地上我用母语写诗作文，或者从父母书架上取下一些杂书、学术类书籍阅读，我了解到了世界上还有这些人们存在。对于殖民二代的我，这次召唤甚至可以说是一种救赎。研究者大多数都是我儿子一辈的人，的确两代人之间的体验有很大的不同。但是现在的世界情势仍然受到上个世纪强者支配的文明影响，在这点上可以说已经超越了年代是我们面对的共同问题。

但是，参加会议让我非常吃惊。在开放平等的气氛中，大家讲述着不同文化的脉络中流动的文学，没有权威倾向，像草根间的异文化交流。这和我同韩国当地的志愿者们每年举行的交流会的想法是相通的，大家聚在一起为韩国的智障儿童举办爱光园修学旅行。那些业余人士之间的交流是最根本的草根交流。

这次研讨会上韩国诗人高银的发言和朗诵触动了我的心弦。我在九州大学听过松原孝俊教授讲解高银作品的课。在会场上对那些通过异文化体验形成的文学作品的研究让我印象深刻。

特别值得一提的有中垣恒太郎（早稻田大学助教）的《荒野·荒原·西部——从西部体验看马克·吐温主体的形成》。高田贤一（青山学院大学教授）在研讨会 3 "从环境中学习什么"中站在与孩子们共享体验的观点上就美国儿童文学中孩子与自然的关系进行了发言。还有茅野佳子（明星大学助教）"非洲裔美国人的历史和环境的公正——解读理查德·赖特的《一二百万黑人的声音》中的农村与都市的环境"。最让我产生共鸣的是山城新（琉球大学讲师）的"冲绳文学与环境问题的接点"。发言中对"环境正义"多元化的论证，也正是我所追求的未来的图像。

再一次说这是一次非常愉快的研究者的聚会。我祝愿学会今后的路走得更远，对异文化的包容力更强。

谢谢。

正如我在稿件中提到的那样，这真是一次非常开放的集会。自以文笔为生以来，我的生活与学术无缘，近乎生活者的状态。我在生活次元所开辟传达的无形文化的意识领域中摸索前行。远离了有意识地教授和追求学问的场所。对日本一无所知的我总是跟随着自己的感觉。生活者的我直到今天在不同地方的山河中生活过，我一直传递的是什么？我以为和前辈民俗家走的道路是相似的。但是并不是这样。我并没有形成体系化的学问，我的文学表现也没有什么意图。我是在对日本一无所知的情况下成长的，我无限热爱那块养育了他民族婴儿的大地。这次集会是我的重生之旅，是重生的一种手段。

回首 70 年代末以前，被称为方言的地方语言和风俗习惯一同被生活者继承下来，他们的世界真的是丰饶的山河。不知不觉中我沿着对岸是朝鲜半岛的海岸一直来到了北海道。南面到达冲绳的先岛，隐约可以看见海的另一边亚洲的情景——战火、田间河沟里浮起的婴儿尸体。我虽然关心着太平洋那边的战事，却回不去。由于空袭，到处是烧焦的土地。母校也被烧毁。九州大学还残存一小部分。我慢慢地从被水浸泡的总督府资料中找出朝鲜的本贯调查开始誊写。超越了民族的界限，我在思考何为女性，亚洲的女性观为何如此相似？

十七年间我在朝鲜生活的环境都是李王朝时代国学——儒学学者人才辈出的地方。其中一个地方是庆州，那里继承了新罗时代古都的历史和传统。我们家族也与一些民族自豪感较强的个人和家庭静静地保持着亲密的关系。无论在大邱或者庆州，还是战后的祖国，在远离城镇的田间河沟里都漂浮着婴儿的尸体。为什么会这样呢？

博多湾的浪花打过建在烧焦土地上的临时校舍。我离开宿舍登上了满员的列车。我在思考在这个陌生的国家我该如何活下去。列车停下来了，我被人群挤出了陌生的车站。漫无目的地在街道上行走。在烧过的街道上，一个男人挑着两个竹筐在卖孩子，"要孩子吗？"前面筐里睡着一个婴儿，后面的筐里有一个快一岁的男孩。

数年后，我遇到了一位回到九州生活的女校时的高年级的校友。她说买了一个被卖的孩子帮助她打理家业。是个男孩。结婚后我与丈夫谈了一次话。我说大日本帝国要改称日本国，要生一个新时代的孩子，我们夫妻自己的孩子。两个不同特质的人之间才能萌生生命。拜托，我想要我们两个人的孩子。我丈夫说，好。我们两人去了助产所。不久，他笑着迎接我说，真的生了。

经过这些体验我知道在我入乡随俗的这个国家里，在各个乡里不同的夫妻，在德川末期有像我们夫妻这样生孩子的。在丈夫的文字记录中见过。在北部旅行时听到过古老的故事。但是在那些飘泊不定的彷徨的初期，我也有过痛苦的经历，我病倒了，不能起床。每次去医院检查都要去精神科。很快我知道了心疗内科的创立，我有幸得救了。我挣扎着起来做家务，养育孩子。我每天每夜都祈祷，请让我再活三年，再给我三年。我坚持写作，勉强度日。我的意识如此之低是因为受到了身边的女性和男性朋友死亡的打击。那时我在着手准备出版关于将社会文化对女性的命名恢复到无名状态的"无名通信"的事。帮我用蜡版手工印刷出版的一位年轻女性在一个夜晚被强奸杀害了。在犯人被逮捕的那天夜里，她的哥哥来到我在市内的家门前，撞上了坡下飞驰而来的火车结束了自己的生命。无言的抗议，让我倒下了。

九州筑丰一带的地下到处是空洞，那是挖掘作为战力的煤炭留下的痕迹。煤炭在我幼年时期是常见的炉子的燃料。学生时代与我同寝室的前辈的家就在筑丰煤田地带的小镇上。我彷徨的时候也来过这个小镇。我在路上问工人："煤炭在哪里？"

"那个，能听到吧？仔细听！地下有挖掘的声音吧。"相比对地下挖掘的惊诧，我更感动于在路上看到他人全身心理解我、回应我、教我。我常常在路上问人："我对日本还不了解，请给我讲一讲往事。"

"你出生在哪里？"人们都会反问我。"朝鲜。""父母也是朝鲜？""不是，父母是福冈人。""是吗？"然后他们就走了。为什么会这样？在父亲的家乡，全村的人都出来迎接我们。父亲的烦恼和我的完全是不在一个层面上。"欢迎回来，做我们的村长吧。"对于村民们的希望，父亲征求我的意见。在村子里，即使在战后生活上也不用担心吃不饱。村里的人和一家之长的伯父给我们的温暖从我考大学那时起一直没有变过。我回答父亲，"抱歉，我们还是离开这里吧"。父亲说"是啊，我也是相同的意见"。于是我们离开了。这是我反复问自己后作出的决定。即使饿死我也不想依靠亲戚关系包括血缘意识生活。

战后，我们一起共同生活了七年，父亲和弟弟已成故人。我们各自追求着社会和个人的自由和平等。我的心和他们是相通的。他们死后第八年，我亲眼目睹了强奸杀害我一位年轻的女性朋友的罪犯被逮捕的场面。她是和我一起参加文化运动的伙伴。我回到了出发地，病倒了：

> 身体动不了，但是在这个矿山被关闭的小镇上，我还在继续寻找日本。20号会议开始了。在与母亲辈的女性们交谈的时候。她们中有在矿井里工作过的女性，也有代代在地面上的庄屋工作的女性，通过日常生活她们每天教导我训斥我。"今天天气好，晒晒被子"，"你刚才说什么？为什么说想死？说话要注意啊。你是人，我也是人，懂吗？"

就这样，我一点点体会到，所有的人虽然所处的社会位置不同，但是吃饭、睡觉、与他人共同生活，这些日常性都是共通的。还有每个人在各自的位置所创造的无形资产虽然被权威、权力、武力毁坏，但是很容易再统合起来。有一位老妇人给刚回到家的我送来酱菜，她问我："市长是人。大学的老师也是人。你今天去大学了吧，你认为我也是人吗？"

在这次我被邀请参加的研讨会 2 中，有韩国和中国台湾来的讲师演讲中涉及了上个时代的日本历史，他们是文学领域的高银先生和刘克襄先生。我以前的作品以及事前准备的演讲大纲，在这个典范性的场合，都没有任何作用了。我要做真实的自己，因为我感觉只要在那个场合我就能够被理解。

而且在那个场合，第一次面对那种气氛。该怎么形容呢？一直以来无论在什么场合发言我都要预想一下会场，写一个简单的提纲出席。那不是为了公开发表的资料。单方的发言没有就此结束，感受到在场的各位身体里发出的信息，有时是为了回答、讲解而做的笔记。不再到处问问题的我，不知不觉到了被问的年龄。在我第一次面对刚出生的新生儿时教会了我所谓的简述、倾听以及感受是什么。那是一种让我了解到语言是什么一样冲击。

呱呱坠地的新生儿在助产妇和助手帮助下洗完澡后，在我和丈夫之间的小被子上熟睡了。在助产院二楼的榻榻米的病房刚做了父亲的丈夫呼呼地睡着了。我的心中不停流淌着类似诗的片段的旋律。红色的星星一样的光团反复地从黑暗的夜空中流泻下来，然后消失在新生儿的周围。反反复复。

> 你不属于任何人
> 你只是你自己
> 春光沐浴着你
> 你在生长

这就是在我心中不断流动的旋律。我自言自语。你在等我们给你起名吧，抱歉！欢迎你。你就是你。春光沐浴着你，你活着……

你活着……

　　不知不觉我迷迷糊糊地睡着了。第二天早上，我睁开眼睛。俗气的我对着婴儿说："宝贝，早上好，我是妈妈。"然后我给婴儿喂奶。与生命的对话，在第二个孩子降生的时候也有，在两个孩子开始学说话的时候，同样扶着孙子到他站起来的时候，讲话的时间成为我和幼小生命之间最重要的交流。我常常体会到在背后支撑着对话的是广大的自然环境。这是切实感受思考语言是什么的手段。

　　在文学·环境学会那天的市内会场上，一起向我涌来的是在场的人们每个个体全身无意中洋溢散发出来的生命的波调。我第一次体验到。我感受到了却有些不知所措。我意识到这是研究会场，却无法回到演讲提纲上。从学会的立场和安排上，对主持人、翻译以及会场上的所有人我真心感到抱歉。我一边尽量调整，一边对着升起的波调继续讲下去。其中多数是来自专攻英美文学的女性散发出来的亚洲的波调。从没有一个瞬间像此时这样让我痛切地感到我想和他们一起创造异文化语言与体内自然环境交流的方式。我也知道了他人散发的波调是不受婴儿、幼儿、性别限制的。但是在学问中书面语言是主导。

　　我继续演讲，提到了孙子四五岁刚会说话时经常会自言自语说的一句话："大人为什么不知道呢？地球生病了……"听到孙子的话时我感到彷徨，现在孙子已经到了能客观认识地球实际状况的年龄，而在我心中，那个鲜活幼小的生命的声音仍然在继续回响。幼儿的声音现在已经充满了整个社会。

　　文化是什么？文明是什么？在琉球大学的校园里，我被那些如此开放轻松地释放生命之本相互理解的身影所感动，我想成为他们的伙伴。我是一个与学术无缘的生活者，学会的各位也是各自追求不同研究领域的生活者，那个时刻，他们释放出了多样的反应。

　　幼儿期对外界的感受就是面对外界无言的时刻或者打招呼一

样，是一种全身的表现。很快随着日常用语记忆的增加，形成了内心的东西，还需要寻找表达的手段。对每个不同选择的动摇让我感动，但是现在的幼儿身边的选择空间已经极小了。人类自私的相互冲突不仅破坏了自然环境，也破坏了成长的生命的人格，并开始直接夺取生命。我对自己说，和江，安于老人的唠叨是有罪的。生命的祖国是这个地球。请给生命写一封情书。写作就是与自私作斗争。每个生命是渺小短暂的，但是我祈祷自然界的生命永存。这是何因……

空旷的领地南岛中的自然物

——被岛尾敏雄的作品所触动

崎山多美

1

　　"风景的发现"不是在从古至今的线性历史中，而是在某个扭曲颠倒的时间里。——我开始留意柄谷行人的文章是在 1986 年的春天，虽然有点为时已晚。我从书架上拿起已经开始泛黄的第十次印刷的《日本近代文学的起源》开始翻看，在 "1. 风景的发现" 第 17 页上看到了上面的话，我特别在这句话旁边用红色铅笔画了粗线。那个时候，我既没有把小说写下去的目标，甚至也没有生活基础，我只是隐约感到今后要继续写小说，必须要有什么东西支撑我。几年前我的一篇类似小说的文章曾经在地方杂志上发表，虽然很拙劣，但毕竟是自己写的东西变成了铅字，不由得对写作行为有些意识过剩。事实上我还不甚明白，只能与文学保持着小心翼翼的接触。就在这样的时期，我读到了刚才提到的《日本近代文学的起源》。

　　我之所以在开头引用以前所读过的柄谷行人的文学论的片段，是出于以下的目的。关于冲绳作家的文学作品和批评学说中给世人传达的根深蒂固的印象是与日本古代史有关联的冲绳的神话世界、支撑着悲惨历史的健壮开朗的女性们、艺能之岛加基地之岛等等被观光化和日常化的"冲绳风景"。虽然很少，但是我希望试着通过自己而不是他人的体验，找到思考"冲绳所谓的环境"与"冲绳中的我的文学"如何结合起来的线索。

但是，刚才所罗列的构成"冲绳风景"的元素是通过怎样的过程变成"冲绳文学"的表象而内外流通固定下来的呢？或者说"冲绳文学"的各种表象是如何参与"冲绳风景"的形成的呢？这种研究者式的题目并不是我能够担当的。但是即使如此，我觉得可以暂且以这些思考方式的框架为前提，这或许是一个让我重温以前那些记载了冲绳环境，特别是有关南岛自然的描写的小说、散文和评论的方法，它们对我的读写产生过影响并且让我深有感触。但是我要事先声明，这种方式是我的文学体验的认识过程经过了事后认识的处理。

2

尾岛敏雄，他的世界你能够包容也好拒绝也罢，在20世纪60年代到80年代的冲绳，对于对文学稍有点认识的人来说，他都是一个难以避开的存在。我自觉自己勉强也算其中的一人。说起来经过比较复杂。由于某些原因在进入大学后的几年间，也就是在70年代中期以前，那真的应该是可以更积极地消化文学性作品的时期，而我们却被有意识地限制不让读文学性的文章，例如小说之类的。我自己打破禁令偷偷阅读的实际上是《死之棘》。那时的我没读过什么小说，当读完那本庞大的病妻记时的陶醉感和心神不定的日子至今让我记忆犹新，那是一次伴随着内疚感的读书体验。

读完《死之棘》后，直接原因并不是因为这个，我想试着写曾经一度想放弃的小说，并开始付诸行动。那段时间我一直在读尾岛敏雄，我感觉到仍然有一种内疚感伴随。我的这种不太正常的感情我想多半还是因为我对尾岛作品的偏爱以及接受的方式。

　　所谓偏爱的接受，就是受《死之棘》触动，我读了尾岛敏雄一系列的有关"南岛"的短篇小说——《夜的味道》、《朝颜》、《河流之上》等，其中对"岛"的描述，在我心中已经形成了一个模糊的形象。所谓偏爱阅读，因为我觉得前面所述的一系列"南岛"小说中最明显的特征是自然描写，沙子和岩石、河流和大海的起伏、夜晚的月亮、苏铁树、露兜树、海滨木棉、榕树等植物群落的描写，这些都为作品世界带来了浓重的表现效果。岛上的自然物作为设定南岛小说舞台的小道具，是在岛的光影交错中浮现的风景。散布其中的人物混进了这些风景的呼吸中，在有些颠倒的印象中，我继续把作品读下去。男女隐秘的行为、对话、纠葛还有宿命时代的凶险的事件好像都随着扑打到孤岛断崖的波涛融化在远景化的南岛的空气中了。我觉得在描写特攻队经历的小说《出孤岛记》和《岛的尽头》中也对此有色彩浓重的表现。作品中对这些自然景物的描写着墨不多，只是在那里偶尔被作者看到了，写下来而已，是一种无意识的动作。例如下面将要引用的《出孤岛记》中在形势紧张的海湾等待"自杀艇"出击命令的场景，信手写下的自然的情景也以人物身体感觉的形式明示出来：

　　　　我扑倒在外侧的沙滩上，仰着头，两个手臂垫在脑后，仰望这蓝色的天空。在海湾的队伍里做这样的姿势是很困难的。……我一直保持这种姿势，它让我感觉像是被阳光照耀着似的舒服。至少在那个时刻我的姿势是自由的，而哨兵的姿势可不自由。可是我却几乎感觉不到他的恶意，在自己随意的姿势中我在理解自然。
　　　　我一直这样仰面躺着，听任周边的一切，被太阳晒热的石头、空气中传来的太阳的热浪、岸边岩石的香味、松籁的气味、海蛆的咸味，直到我感觉身体里有一股淡淡的焦煳

味。（着重号为引者所加）

至少在这里感觉不到在战时状况下特攻出击前面对死亡的人那种紧迫感和恐惧感。反而有一种暂时的解脱感。现实的实际感觉应该有更强烈的紧张的状况以及对死的恐惧，作为上司的重压感和责任感，这些感觉通过躺在沙滩上的人物的行为通通都融化在身体周边的自然——蓝色的天空、被晒热的石头、空气、岸边的岩石香味、松籁的气味、海蛆的咸味中去了。在南岛自然物营造的氛围里，人物面临的心理和事件都被抛到了九霄云外。与我们通常认为的描写的主从关系看起来完全颠倒的印象是什么？我觉得这毫无疑问是岛尾敏雄这位作家具有的独特的感性和构成文体的技法。

　　仰面躺在沙滩上带来的不可思议的解脱感与主人公所处的紧迫的状况不太相称。阿兰·科尔班曾经结合刹那主义和海滨之间的亲和关系对19世纪西欧海滨出现的观光地进行过考察论证。即使试着以他的解释作为依据，也太过于跳跃。科尔班说："想要活在刹那的意志从一种形式不断地变换成另一种形式，把自由自在的沙滩视为适合自己的舞台，这是最自然不过的了。想要活在刹那的欲望和空旷的海滨之间产生了共鸣，也更加速了海滩这一场所魅力的释放。"（《透视画中登场的人物》，《海滨的诞生》，第441页，福井和美译，藤原书店，着重号为引者所加）借用这个解释，在《出孤岛记》中，战时严酷的连续紧张中，主人公产生了压抑忧郁，为寻求刹那的解脱，对沙滩有所期望是很自然的。再补充一句，完成了的作品无论以多么残酷的现实体验为基础，那都是已经过去的事，是以事后的"扭曲的、颠倒的时间性"为前提的，所以主人公通过南岛的太阳、沙滩、灼热的石头寻求身体的解脱，这是对现实体验后心理欲求的一种文学化的处理。可以说这些自然景物的描写是把作者欲望的对象巧妙地配置在了作品中。

岛尾敏雄的"南岛"系列作品，即使现在重读仍给我留下强烈印象的是融入自然的人物，我觉得在某种意义上可以称之为与19世纪超越论、浪漫主义自然交流的文学表象世界，这是我自己对岛尾作品的理解。作者巧妙地选取了一些没有现实感的"南岛景物"配置在作品中，使作品中充满了"南岛的氛围"，被尾岛的写作手法不断地吸引，我从自己的体验中去靠近"岛"这个难以捕捉的漂流物，我总想做点什么，于是就开始偷偷地写小说。尾岛敏雄的视线从日本列岛北部、东北之地开始，到他自己命名的亚波尼西亚群岛的南岛，一直延伸到东欧大地。某种意义上可以说与我的视线形成了对极，我只能从冲绳本岛中部基地的街道眺望靠近琉球列岛南端的岛、西表岛以及周围的各个岛屿。在这个地点，虽然我们立场不相配扭曲交错，我却受到了相应的触动。

3

读岛尾的有关琉球弧列岛亚波尼西亚的散文，总会让我想到岛的自然景观与生活在那里的人们的精神世界密切相关，它造就了人们的精神世界。很明显岛尾敏雄对南岛的感受是热烈的。例如"悲伤的南岛地带"中有关奄美的描述：

> 奄美由于各个岛屿的不同看起来多少有些变化，但是一般还是以珊瑚礁与石灰岩的溶蚀地形的景观为背景，它与从榕树和苏铁树等植物群中得到的感受一起共同限定了古老岛屿上的人们的精神世界。奄美在月光下，释放出更浓郁的香味，它创造了不同类型的具有风格的人。（着重号为引者所加）

还有对于先岛，有过这样的描述"海风、珊瑚礁和强烈的阳光，这些南岛的环境，赋予了南岛人生动的个性"（《冲绳·先岛之旅》），这些完全都是类似的感想。

20世纪50年代后期到60年代中期，有关南岛的散文岛尾倾注热情反复描写的主题就是"南岛的古代人们的精神和风格"是由"珊瑚礁、苏铁树、榕树这些自然景观"培养的。对于他的创作手法，我更加关注的是作者眼中的"南岛的自然"和"古代人们的精神"是如何联系在一起的，他是如何讲述过去历史中存在的不变的古老的美好的东西在当今仍然应该存在下去的。而且在同一篇散文中还遇到了这样的描写，"我的眼前出现了一个面孔，他是个把岛上贫瘠的现实全部抛到身后、被动忍耐到现在、身材矮小、亲切和蔼、皮肤黝黑、性格却异常开朗的人，他对我微笑地发出邀请"。在与"南岛"的关系中，岛尾不只是个旅人，是柳田国男以来，也是被外来人热切遥远的目光所束缚的"南岛"。

而成问题的是我，我自己也意想不到在外来者热切目光的束缚下我准备开始写"岛屿"。在理解接受岛尾作品的过程中，我自己被岛尾的外来者的视线所吸引，时而抗拒，在这样的心里动摇中，我开始正视"岛屿"。我必须告白，在接受岛尾世界的微妙的过程中，读南岛系列短篇小说和散文之前发生的一件令我羞愧的事对我帮助很大。

那是刚读完《死之棘》之后的事。前面我也提到了我的第一篇类似小说的拙文发表。那时走投无路的我参加了冲绳某杂志的文学奖征文活动。那一年征文整体水平都很低，评委们没有办法，只留下了两篇佳作，其中一篇就是我的。我曾经想要是落选了该多好啊。那篇文章称为作品有点难为情完全是业余之作，没想到这样的文章竟被当时的评委之一岛尾敏雄发现，作品被他贬得一无是处，他评论说太不成熟，太过稚嫩，初级错误很多，让他吃惊。就是这件事让我很羞愧。

先别谈写作方法，就连读小说都很少的我根据自己浅薄的体验写出那样的作品去参加评选。现在胆战心惊地重读当时的评语，如果老老实实地读，我甚至能读出他评语中的善意。即使是这样一部令人吃惊一无是处的作品，他还是想要挽救，在他的评论中有一句表扬的话。他说他感受到文章中有一种应该称为"岛之味"的感觉。

文中洋溢着的岛之味。这句话让我写小说以来第一次意识到自身的身体性。它具体指文章的什么地方，是什么意思，当时的我并不明白。只是觉得害羞，同时感觉自己陷入某种怀疑，可以说对岛尾先生的话和自己的认识方式都不明了的怀疑。从那以后，这种怀疑让我对自己的写作语言过分地在意，直到现在仍然有这种感觉。我还是没想通，岛尾先生在我文章中感受到的"岛之味"到底是什么。如果不是文章中味道，而是我肉身上的味道，多少我还能够明白。如果说我的身体的条件和日常说话用的方言中就充满了南岛的风貌，那么所谓的文章中的味道或者就是指我日常用的方言在所写的文章中有所反映，这样的想法更容易让我接受。但是我总是对写作用的语言有些神经过敏，因为我的怀疑的矛头也指向了这个方面。

暂且不谈琉歌和冲绳戏剧剧本，1878年经过"琉球处分"后，冲绳作为一个县被纳入日本，经过战后的"美军统治"到最终实现"回归祖国"，其间一直坚持推行的"标准语励行"运动几乎可看到了成功。因为已经形成了一种认识，就是在冲绳写的现代小说应该使用在日本任何地方都通用的洗练的日语来写，而且范本就是近代以后日本传统代表作家的作品，应该追求简洁、意味深长、美妙的日语。在准备实行的时候，即使无视作家在语言感觉上产生的违和感和斗争，而这些东西已经被我写进了小说。所以，从我的文章中感受到的"岛之味"只能单纯地理解为用日语写的那部现代小说是一部暴露了不成熟和拙劣的业余作品。我觉得这句话好像在评论小说的优点，我自己在心里也是把这句话当成表扬的话，到底什么是"岛之味"。

　　与我刚开始写作时对语言郁郁寡欢的神经质的烦恼不同，从那以后我一直对岛尾从我小说中嗅到的"岛之味"耿耿于怀。但是很快我就意识到这个味道的根据就在微不足道的地方。在这部拙劣的小说中我无意中引用了一节八重山地方的歌谣，描写了登场人物脑海中浮现的过去岛上节日的场景。也许先生对我的拙劣的小说想不出什么表扬的话，才只提到了那个要素吧。之后，我又继续读了岛尾敏雄的一系列的短篇小说，先生很喜欢插入岛上女性所唱的岛的歌谣，岛上的风物和自然让人联想到女人，她们是神秘化的岛屿的象征。当我看到这些描写时，有一种打击。过去和现在我的读书并没有什么大的变化，我从这些短篇小说中感受到某些东西，在先生感受岛的时候，南岛的自然物、风物以及岛上的歌谣是作为与扎根岛上的女性发生关联的媒介而存在的。这样说来我小说中的"岛之味"不是指文章，而是单纯地说我偶然引用的素材本身具有这样的感觉，一想到这里，就有少许屈辱感。

　　此后我的不为人知的文学纠葛，如果用一句话说是一种为了从当时的打击和屈辱感中振作起来赌气行为，这样说并不夸张。我只是偶然诞生在南岛群岛中的一个小岛上，不可能离开那个地区，会一直在那里生活（我有过从一个岛移居到另一个岛的经历），今后我还要在这块土地上继续写下去。我的身体，我的方言，不知不觉中已经和在我周围的生活环境中分散的自然物们纠缠在一起了。我只有通过摸索写作方法（新的文体）来继续寻找外人眼中看到的所谓"岛之味"的真面目。

4

　　去年3月末，我作为本土作家被邀请参加琉球大学召开的"文学·环境学会国际研讨会"，虽然立场有些不合时宜。那时我发言开头讲了这样一段不中听的话："说冲绳自然美丽一派胡言。山和海都被破坏得面目全非了。应该说很丑陋。"会场上有一瞬间的冷场。由于时间所限，我没有充分解释就结束了发言。其实我讲这段话的真意发端于上面我简述的自己曲折的文学经历。另外还有，现在环境不但没有改善，反而为了掩盖冲绳日益压抑的政治状况从文化的经济的角度掀起冲绳热，助长了神秘化和休闲化，在一个最终将被消费殆尽的表层的冲绳形象的形成过程中，有关冲绳的文学表象不知不觉也介入了其中。我再次补充声明，发言是我用自己的方式对这些现象做微弱抵抗的体现。

虽然在研讨会会场上进行了简单的评论，但是很遗憾，我的这种微不足道的文学抵抗直到今天也没有见效。十六年前我发表过一篇脱岛物语，因"水和黑暗浓墨重彩地描写了原始的冲绳"这句话而被世人认可。其实不是这样的，那是已经融化了既成的南岛印象、为了夺回"我的岛"而设计的、出于文学目的的水和黑暗，我不断地对自己低语，我所写的是即使怎样追赶都不可能抓住的不可再生岛屿的故事，它拉开了岛之神话这一神秘的帷幕。之后，我充满热情地投入写作，多少有些露恶的感觉，我实验性地用"混杂了岛内方言的文体"，写了一个架空的岛屿的故事，那里有冲绳岛上根本不存在的风俗。不管你是否知道冲绳的现实和历史，都能从中明白地读出这也是南岛的某个地方，或者是某个地方的乌托邦。而且奇妙的是对于这部小说的评论即使站在相同的视点上时而是认可，时而是贬低，无论哪种评价，我都感觉很复杂。我一直自觉认为作者对已经出手的作品的评价再去评头论足是件很愚蠢的事。

附　记

文中引用的岛尾敏雄的小说和散文来自小学馆的《昭和文学全集20·岛尾敏雄》和朝日文库的《新编　从琉球弧的视点

看》。

在归纳本文的时候，虽然没有在文中直接提及，我对于自然文学一无所知，给我引导的前辈的作品有《岩波讲座·文学》7《创造出的自然》中收录的各位的论文以及野田研一的《交感和表象》（松柏社）。另外在整理岛尾敏雄的琉球弧亚波尼西亚的相关想法时，冈本惠德的《"亚波尼西亚论"的轮廓》给了我很大的帮助。在此表示感谢。

台湾的自然派作家

——在传统和生态学的夹缝中

刘克襄/石崎博志　译

　　1976 年，我 18 岁，还在台北山上的某个学院上学，那时我就对文学抱有兴趣，开始尝试创作新诗。学校附近有阳明山国家公园，所以诗的大部分与自然环境密切相关。

　　那时，我偏爱有关自然环境的文学作品和生态学的相关书籍。我买过加里·斯奈德先生的诗集，我还清楚地记得从书中我了解到他非常喜欢中国唐代的僧侣诗人寒山。

　　24 岁，我开始尝试以岛为主题的散文创作，因此后来被视为最早期的自然派作家之一。为什么我会突然想到以岛为素材呢？这与我在海军服役多年坐船沿着台湾的海岸航行的时候经常看到候鸟有很深的关系。

　　回想起当我决定以岛为主题的时候，当时的台湾还处在对动植物等自然的知识和野外经验极其贫乏的时期。为此我不得不援引中国传统文学的文献、史料以及日本的图鉴、文学作为创作素材。例如《诗经》(1)中的虫、鱼、草、木，唐诗宋词中的飞鸟，甚至明朝李时珍的《本草纲目》(2)中的药学知识都是我灵感的源泉。还有我对日本诗人松尾芭蕉的写自然的一系列诗歌抱有强烈的兴趣，在创作初期多少受到了他的影响。

　　但是这种状态很快就过了。

当时整个台湾在时间上和空间上的环境都发生了急剧的改变，工业发展带来的污染和环境破坏使我无法沉溺于古典诗词文学的境地，无法憧憬传统知识分子的隐世的作用，在创作散文期间，我也变成了一名对新闻敏感的生态报道者。

1982 年我参加了对台北关渡平原鸟类的长期调查活动，定期写报道，渐渐地我有了一个把这里的沼泽湿地开辟成自然公园的愿望。于是 2001 年那里已经变成了自然公园[3]。虽然我被视为台湾最早的自然派作家，但是很快台湾也出现了不同类型的自然派作家。我们的前辈作家们在以自然为题写作的时候，都在尝试从中国传统文学中寻找可能性。他们积极援用老庄的无为思想[4]，或者是模仿文人王维、陶渊明等人对自然山河和田园生活的憧憬，这些都是他们模仿的对象。从他们的作品中可以看到典型知识分子对社会体制的不满和寄情山河的情怀以及对于"天人合一"[5]自然观的信奉。令人兴趣颇深的是他们追求的生活信念与 19 世纪美国作家梭罗在《瓦尔登湖》中所讲述的道理不谋而合。这就是上个世纪的台湾对隐居在瓦尔登湖的梭罗高度赞赏毫无争议地将其视为自然神话的理由。

另外，作家中有的以自然科学为背景潜心钻研，有的在中国文学的熏陶下脱颖而出。他们以对自然的亲近为基础，开始尝试在文学作品中表现对自然的爱。但是在他们的作品中，西方的生态环境思想的影响很明显是凌驾于传统中国所表现的自然信念之上的。在诗、小说、散文中尝试用生态学的主题实现超越，必须要摆脱旧式作家们探讨和追求的方向。我个人的创作范围比任何其他人都涉猎广泛。

20 世纪 80 年代这些自然派作家的出现，使得以生态系为主题的作品呈现出不同的样貌。

但是台湾一位著名的批评家认为，过去台湾的自然文学表现的是面对生态系急速变化时的一种焦躁不安的现象，经过长时间积累细腻的作品至今还没有。这种观察本身就非常尖锐，他说的也并非全都正确。如果能回头看以后的自然文学体裁作品的发展，就能明白这种不安实际上体现了自然派作家与社会密切的相互影响的必然性。

例如90年代，受环境立法的制定、生态意识的启蒙、影像媒体的兴起等影响，作家们开始重视以公害污染为题材的新闻报道。自然生态的保护问题一个接一个地提出来，山野的过度开发、泥石流以及濒临灭绝的动植物的问题反而受到更多的关注。

与此相反，中国传统知识分子所深深崇拜的理念——单纯的隐世哲学在生态学思想面前呈现出衰退之势。与各种生态保护集团和组织运营的团体的积极的活动相比，赞扬田园生活的多数作家现在还没有提出在急剧变化的社会中具有说服力的环境哲学。

反而接受了西方自然科学知识并以此为基础的作家们有了后继者，形成了自然文学的主流。而且一些年轻的作家们凭借生态观光、动物观察等作品大放异彩。

他们中也许有人偏向"个人"对"自然"的老套观念，但是在创作和思维的方向性上，他们通过地方社团的改造和观光自然再考量，不断地在扩大自然写作的范围和主题。

从整体上也许可以说，评论家观察到的"焦虑和不安"实际上已变得多元化和复杂化。这都是因为台湾岛人多地少以及激变的社会构造所引起的。而且台湾生态启蒙时期正好是政治"戒严令解除"[6]的时期，整个社会进入了长期崩溃和再建的状态。

"戒严令解除"使得人们可以自由组织各种生态团体，甚至可以到国内外任何可以去的地方旅行。而一方面，自然科学知识逐渐丰富，各种科学的古典书籍不断地被引进，爱好观察自然的人也多起来，自然与现实社会相互影响的关系也不断地被研究和实践。

因为以上各种变化，所有自然派作家都可以找到更多活跃的创作素材。这个时期，散文的内容已不拘泥于鸟类，还有其他动物的报道。主题上向自然教育、社区学习和观光旅游倾斜。无疑这些更年轻的自然派作家他们的意识和内容表现更接近"现实社会"。

大体上，除了自然生态意识在启蒙初期走过一段错误的试行期之外，在环境保护阶段，几乎没有机会通过西方生态思想和中国传统自然观进行应有的对话来整理出一个新的可能性。

尽管如此，由于台湾社会的多元化，出现了许多生态环境的看法，之后也在不断地探求与社会进行对话的可能性。我不怕招来误会，我认为这种趋势是一种新兴中产阶级环境意识所形成的力量。自然派的作家们知道他们不能像古代知识分子那样坚持道不同不相为谋[7]或者躲在世界的角落沉溺于自我的世界。他们必须向狭小岛屿的都市文明妥协，摸索一条顺应这个时代的道路。

自然派作家们参加自然生态组织或者团体组织的运动，大部分人都是在这样的认识基础上扮演他们的社会角色。我们不能期待台湾在短期内能培养出像梭罗那样的自然派作家或者出现一位隐居深山能给我们提供深刻自然观的作家。不同的社会背景、高度的人口密度形成的狭小居住空间以及急速紧迫的工商业社会关系都要求环境伦理必须要有现实实践的可能性和紧迫性。

这些方向都是目前台湾将来环境保护的潮流，也影响着作家创作时的思考内容。在台湾自然派作家很难自以为是只扮演自己的角色。因为即使在观察一只鸟的时候，他们看到的不只是背后的生息环境，往往还包含着周围的人们、街道、政治和经济问题。

从这些复杂的状况来看，自然派作家作品中流露的"焦虑不安"也许是这个阶段本质的必然的现象。安逸的隐遁反而是意外的间奏曲，也许是为了忽视现实状态的一种逃避。

当然我自己也常常想，当自己年老时，自己也许会埋头传授中国古典的精华，追求可能的自然智慧。就像美国登山家兼诗人加里·斯奈德融合了精神和世俗的传统在唐代佛教徒隐士寒山的作品中找到心灵的依托一样。至少短时间内这种状况还不会发生。我还没有从其他自然派作家的作品中找到具体的实践方法。

注释

(1)《诗经》 中国最古老的诗集。收录了有关黄河流域诸国和王宫的诗歌三百零五首,与《书经》、《易经》、《春秋》、《礼记》并称为儒家经典(即五经)。据推测这些作品创作从西周初期(公元前11世纪)到东周中期(公元前6世纪)约五百年时间。内容丰富多彩,从与周王朝安定时代相吻合的明快抒情诗到反映混乱时期的暗淡的叙事诗,为数较多的是恋爱诗(其中与婚姻相关的诗约占整体的一半)。因此《诗经》是古代歌谣黄金时代的成果,是中国文学史上少有的恋爱文学和女流文学的一面。口头传承的作品是何时用文字记录编集的目前还不清楚,现存的《诗经》根据汉代毛公传下来的《毛诗》 (注释称为《毛传》)记载由风、雅、颂三部分构成。

(2)《本草纲目》 中国本草书,明代李时珍所著。李时珍家族世代为医,他从小就热爱自然,跑遍了山野。他爱好钻研医药,二十二三岁就继承了父业,是世人评价很高的名医。他被招入北京和武昌的宫中,担任御医多年。但是他不喜欢这样的生活,之后开始到各地旅行,到处调查各地独特的单方(民间疗法)。据说他35岁开始写《本草纲目》,花了26年才完成。共52卷,收录的药品数目多达1903种,内容庞大。宋代以前的主流草本都是忠实再现了那个时代以前的本草书的记载内容。而《本草纲目》不同,李时珍在引用了部分内容的基础上添加了更多的内容,并指出之前本草书中的错误之处,"时珍曰"的文章都是他自己在各地实地见闻的内容。这本书对明代药物的研究具有很高的价值。

(3)自然公园 关渡水鸟保护区位于关渡平原西侧低洼处,

由于地形关系，涨潮时就会蓄水成为沼泽，所以形成了这个地区独特的河口生态区域。关渡平原沼泽一带生长着茂密的红树林和芦苇等植物。水中栖息着很多小动物，那是水鸟最好的觅食场所，每年都有候鸟休息越冬。是观察鸟类最合适的地点。

（4）老庄的无为思想　中国的传统思想，正如把儒教称为孔孟教义一样，老子与庄子两人名字合二为一的老庄思想，指的是道家思想。但是作为折中老庄合二为一的思想的意思更强烈，更重要。老子和庄子的思想有类似性也有明显不同。老子身上有对现实的强烈关注，视野中也有世俗的成功主义。而庄子身上，不受现实束缚，有超脱现实的宗教解脱境界。庄子之后的学者，把两者融合在一起，《淮南子》中最早出现"老庄"一词，很快到了魏晋时代，老庄思想流行起来。对《老子》的注释站在庄子的立场上写，对《庄子》的注释也多夹杂着老子的话，加上《易》，这三部作品被尊称三玄。老庄思想作为"无"的哲学被那个时代的王弼（226—249）确立起来。贵族们在清谈中爱用老庄的话，有时也是为抵抗权力找依据。大体上从这种超俗的意境里能够找到个人的慰藉。后来这成为隐遁思想的支柱，在宗教和艺术相关的领域也被充分利用。

（5）天人合一　古代中国的天人本来就有合一性或者天人应该合一的思想。在中国，天作为超越性的存在是极其有力量的，人们对天也有不少独特的想法。天人合一就是一种克服人类不完全性的想法。儒家的天命说以及道家的人舍其为与天一致的学说，从广义上说都是天人合一的思想。特别汉代的儒家认为人类现象与自然现象之间有相互照应以及因果关系，作为自然现象根源的天与人类是相关的。这个学说不断地吸收阴阳学等内容，在自然观和人类观中确立了天人合一性的理论。

汉代的这种天人合一、天人相关的思想认为，根据君主行为是否适当，自然现象会呈现祥瑞或者天灾等反应，进而对人类的生活产生决定性的影响。在这个理论中位于天与人类众生媒介中轴位置的是君主，君主被赋予了超人类的权威。

（6）戒严令解除在 1987 年 7 月 15 日。戒严解除后，急速推进了政治的自由化和民主化。

（7）道不同不相为谋　意思说让不同道的人理解自己的道是很困难的。

风景和身份

——越南裔美国文学的"故乡"

吉田美津

1　丧失的风景和身份

风景与身份是什么关系？如果身份与个体在特殊时间内的生成是不可分割的，那么风景也是由被赋予了某种特定背景的空间和场所构成和创造的。以场所为起点追忆风景，需要经过根据身份所处位置重新被发现被认识的风景化的过程吗？特定的风景可以成为理解风景的人身份的表象吗？

本篇论文以由于战争以难民身份从越南逃到美国的越南裔美国人的自传和游记为例，主要论述他们如何描写本土的风景以及他们作为越南人的归属意识。

由此来弄清楚他们描写的风景虽然是个别的，但是是如何被理解成越南裔美国人文化身份的表象的。有意思的是，故乡的风景和身份的构建与时间上以及空间的距离产生的丧失感有很深的关联。出生于牙买加的斯图亚特·霍尔在《族裔散居》中谈到了在英国建立新身份的事，"构建英国人身份的路被封死了，他们不得不寻找应该站立的基础、场所和地位……这也是再次找寻自己是何人所谓根源的重要时刻"（第52页）。离开生养他们的土地，第一次知道了他们是何人。"对于没有在学校学习的我

们，不得不重新发现至今没有听过的、教科书上也没有记载的历
史。"（第 52 页）霍尔说。他把这种不得已的离散的渴望称为
"想象上的政治上的再归属行为"（第 52—53 页），他把这种行
为叫作"身份政治学的第一种形态"。

1975 年逃到美国的越南人（第一代）从 80 年代开始发表自
传，因英语问题，他们大多选择与美国人合著的形式。霍尔所说
的形态与这种状况非常符合。

第一代的越南人的自传中贯穿着他们对越南人身份的危机意
识和对祖国抱有的强烈愿望。[1] 在越南他们被看成是与美国联手
的叛徒，因此他们空想中的对祖国"再归属化"的行为带有更
深的丧失感。

霍尔所说的"再归属化"更为重要的部分是变成难民的他
们必须要寻找确保新的"应该所处的基础、场所和地位"，不论
它是具体的领土或地域，还是想象中的场所，这是对空间"再
归属化"的追求。越南难民离开祖国第一次发现了身为越南人
的自己，对以前有所知觉但是并没有意识到故乡风景作为憧憬的
对象也开始有明确的意识了。成田龙一对世纪转换时期的近代日
本的都市空间的历史做过考察，对于故乡，他说："不会伴随个
人移动的出生地或者一直以来的居住地就是'故乡'，同时对在
现时的场所讲述'故乡'有自觉性的认识。"（第 2 页）与出生
地在时间及空间上的距离，使得对"故乡"有自觉性的认识，
而且也能够意识到思念故乡的现时的"自己"。丧失和故乡的风
景与身份的构建有很深的关系。

首先以黄玉文（Huynh Jade Ngoc Quang）的自传《南风》
(South Wind Changing, 1994) 和阮归德 (Nguyen Qui Duc)《死
者的长眠之地》(Where the Ashes Are, 1994) 为例，论述作为
"再归属化"其中一个过程的"追忆的风景"是如何（脱离）
构建的。接着以父亲是美国人、母亲是越南人的美亚混血儿阮坚
(Kien Nguyen) 的《多余的人》(The Unwanted, 2001) 为例，

论述没有"追忆风景"的他"未完的风景"，最后探寻 10 岁离开越南的安德鲁·范（Andrew Pham）写的游记《鲶鱼与曼荼罗》（*Catfish and Mandala*，1999）中好像与他多重身份相呼应的"流转的风景"的含义。[2]

2　追忆的风景

《南风》的作者黄玉文出生于湄公河三角洲的农村，他是 1980 年加入美国的难民中的一员。1975 年当玉文还是个西贡大学的学生时，被越南军拘留，在劳教所过着严酷的收容生活。两年后的 1977 年 20 岁的他乘船逃离了越南，1987 年 30 岁的他从美国大学毕业，用英文发表了《南风》。

对于在 20 岁比较大年龄时逃离越南的玉文来说，湄公河附近的一个叫安堂村的农村的风景就是他"故乡"的原风景：

> 南风吹过，稻秆相互摩擦就像人在低语。当稻穗像舞女一样低下头时，能听到河流小溪里传来的潺潺的水声。太阳暖暖地照射过来，水面到处波光粼粼。清爽的空气拂过我们的皮肤。春天已经来了。春天是收割的季节，是为了祭祀而聚集的季节，是为了打稻谷而相互帮助的季节，是把水牛牵出小屋开始耕作的季节，是唱着欢歌的季节，是大人、孩子都到野外活动的季节，是没有任何担心的季节。（第 7 页）

对玉文来说，湄公河三角洲水田的风景象征着他的出生地，那里丰富地存在着生存所需的一切，满满的收获、安定的天气以及丰富的水源，大家庭一样共同体生活养成的传统，还有与这种生活完全协调的自然活动。他记下的这些是对失去东西的记忆。湄公河三角洲令人怀念的农村风景与他作为难民在美国社会生存的那种不适感也许是表里一致的。他说："我多么希望回到祖国，那里有和我肤色、文化、道德和价值观相同的人。我要回到祖先之地，好好体味那里的水和空气，我希望将来终老在那里。"（第290页）他所描绘的水田的风景可以说是越南的国家风景，这也佐证了他的文化自我意识和作为越南人的自我意识是一致的。

另外，《死者的长眠之地》的作者阮归德所面临的是对"追忆风景"的重新描绘，因为他再次访问了南北统一后的越南，亲眼目睹了"故乡"现在的变化。阮出身于岘港市的上流阶级，父亲是南越政府的高官，被北越军关押，1975年16岁的他和亲戚在美军的援助下离开了越南。与父亲分离时，他才9岁。1984年时隔16年在美国终于和被释放的父亲再次见面了。他再访越南的目的是重新构建南北统一的祖国越南与他自己的关系。因为越南南北分裂，使得家人离散，给他父母也带来了难以愈合的伤痕。"父母认为共产主义的宣传使得一帮冷酷的男人失去了辨别力，他们的统治破坏了越南。但是对我来说，越南还存在。那里是我文化的根，是我度过了童年时代的生养之地，是我的祖国。"（第214页）因此在他眼中故乡的变化给他印象深刻的是战争的破坏。

阮记录的1989年的越南风景与他父亲记录的南越的美丽的追忆风景形成了对照。父亲写手记是为了熬过长期孤独的监狱生活。他父亲这样写道："我与母亲大地已经被远远地分离。……我的南方大地啊，什么时候我能再回到你身边？我的信念不会像凤凰树那样火红地盛开了吗？"（第67页）而玉文记录的是被战火荒废的越南。西贡（现在的胡志明市）的小巷里"赤裸裸的贫穷让我受到了深深的冲击。微暗的小巷中见到身上挂着破旧麻袋的人影。身体瘦弱衣衫褴褛的男孩子们唱着歌，啃着不新鲜的面包"（第226页）。尽管香河依然美丽，但是阮的家、出生地顺化已经疲惫不堪：

　　　　香河并没有失去美丽，但是以前两岸的美丽的树木已经

消失了，散发着贫穷的气息。之所以来到这个河岸是为了直
视那个申年（1968 年父亲被抓）恐怖日子的记忆，所谓归
乡常常是这样的。（第 224 页）

阮描写的不是他父亲怀念的南越的风景，也不是玉文描写的优美
的田园风景。也许他要描述的并不是风景。他要描写的是战争给
越南带来了怎样的变化，人们的生活是如何的困顿。阮到访了过
去的激战地同海，他说："我第一次来到这么荒凉的城市。所有
的一切都被一层红褐色的膜所覆盖。就连这里的人们和他们的生
活好像也被沙尘覆盖了。"阮的再访，是为电视节目录制此行的
纪录片，也是为了支援越南的复兴。纪录片中阮的回想是沿着直
线的时间轴讲述的，父亲被收监，他从越南逃亡美国，在美国以
难民的身份生活，得到工作再访祖国，然后再次回到美国，确认
了作为越南人的强烈的自我意识。他的这种强烈的越南人的自我
意识支持着他的意志，他希望与现在的越南发生联系。因此阮描
写的风景不同于玉文描写的追忆的风景。他通过捕捉疲惫的越南
现实的风景来记叙一个事实，就是战争给故乡带来了深深的
丧失。

3　未完的风景

父亲是美国人、母亲是越南人的美亚混血儿是如何描写越南
的风景呢？他们很多人在越南社会上被蔑称为美亚混血儿，被排
挤到了社会边缘。克里斯汀·阮·兰格沃斯（Christian Nguyen
Langworthy）1967 年生于越南，1975 年 8 岁时被一对美国夫妻收
为养子，离开了越南。他在诗集《战争的地图》（*The Geography
of War*，1995）中描写了战火中水田的样子。这个不是玉文的怀
乡的风景。而是一首以讽刺性标题"收获"为题的短诗：

　　　　我们的田里／种植着死者／水田被血污浊／斑鸫向茅草的
小屋飞去／我们立的稻草人倒了。（第 12 页）

这里"稻草人"应该指的是越南的农民，而"斑鸫"指的是美
军战斗机。玉文眼中的安宁的水田风景在兰格沃斯这里化为了坟
场。1967 年他出生那年，据说越南已经有九处基地可以起降喷
气式战斗轰炸机（小仓，第 161 页）。大量的轰炸使越南全土化
为了焦土。

　　同样描写暗淡悲惨风景的还有阮坚。他的父亲是美国人，在
他很小的时候就回国了，一直音信不通。1985 年他 18 岁的时
候，在一个支援美亚混血儿的项目安排下和母亲及弟妹来到了美
国。[3] 他与兰格沃斯同岁。阮坚学习英语，以家人在越南时的悲
惨生活为素材创作了《多余的人》。

　　母亲建的别墅那种不合时宜的奢华象征着他的不安和孤
独感：

　　　　别墅是三层小楼，包括八间卧室至少有二十四个房间。
所有的都是根据母亲的喜好用昂贵的西洋家具装饰的。为了
让这个家有个性，为了祖父的名誉，母亲以祖父的姓命名为
阮宅。……母亲把外墙涂成了肉色。家的颜色随着时间流逝
而褪色，当母亲听说我一直认为那就是普通的白色时很是吃
惊。园丁正在修整种植在家门前的各种异国风情的花。母亲
为了保护内部的美丽不受外部世界的影响，做了一个巨大的
铁门。也建了高墙，高墙上装上了带刺的铁线。茂密的常春
藤爬满了墙，隔绝内外的墙从外面根本看不出来。（第 5—6
页）

"阮宅"是被高墙保护起来的人工乐园。这栋西洋风格的建筑与
他西方人的容貌重合在一起。为了避开战乱他们离开了别墅，再

次回来时看到建筑物一派荒废的景象，暗示了今后在越南社会生存的他艰难的人生。

> 家已经严重荒芜。铁门弯曲向里折断着，垃圾污物一直散落到大门前。到处涂的是粪便，浅茶色的外墙已经脏了，变成了茶色。所有的窗户都是坏的，玻璃碎片到处都是，地面上、天井里和脏的游泳池里。……异国风情的植物或者是被偷，或者被连根拔掉扔到人行道上任其枯萎。（第71页）

被破坏的别墅和人行道上枯萎的植物都是镜子，反映了越南社会对他的态度。

阮坚没有描写俯瞰的风景，因为他没有办法将外面世界一览无余。他描写的是酷热和雨季湿气那样的周围充满了不祥的情景。例如他母亲出去筹钱几天都没回家时，他带着弟妹赶路。他说："道路两侧是一望无际的水田。夏天异常安静，空气中散发着烧焦的橡胶味，大地像被看不见的毛毯覆盖了似的。"（第164页）水田在他眼中并不是风景，他感知的是覆盖在水田上的某种令人不安的东西。他的这种感觉除了是因为母亲不在而感到不安，还表现了他在这块土地上没有安身之处的违和感。

阮坚进而把目光投向了小动物和昆虫。他借住在婶娘家，在那里表兄弟们嘲笑他是个愚蠢的杂种，欺负他。这时候他看到了蜘蛛。"我看到厨房的墙壁上有一只蜘蛛在缓慢地爬着。蜘蛛网上挂着一只苍蝇，为了获得自由在拼命地挣扎。蜘蛛要发起挑战，用脚摆弄着苍蝇。蜘蛛的毒麻痹了苍蝇。我感觉自己脑袋就像佛陀塑像的腹中一样空空如也。"（第206—207页）看着挣扎的苍蝇，他感觉在这个社会没有佛教教义也没有伦理，只有弱肉强食的冷酷的自然摄取。他从蜘蛛的食饵苍蝇身上预感到找不到未来的自身的命运。

阮坚描写的都是一些微小细致的东西，如小动物、昆虫、水塘和墙上的裂纹等等。这些都不具有风景的统一性，对他来说越南并不是能唤起他乡愁的风景。所以他描写的风景都是并不广阔的断片式的东西。"不管怎么努力，我都无法逃离自己不堪的过去。离开越南的愿望再次在我心中扎根。"（第 279 页）他对小狗和昆虫之死的描写，反映了没有稳定归属意识的他在越南社会的生活状态。

4　流转的风景

1977 年 10 岁的安德鲁·范坐船逃到了美国，90 年代他再访越南。他开车从胡志明市到河内，然后骑车又回到胡志明市。《鲶鱼和曼荼罗》写的就是这次旅行的游记。他再访祖国是为了寻找"无法归纳在一起的恐怖鲜明的记忆"与现在连为一体的意义。范与阮坚同龄，他说"对越南战争几乎一无所知"（第 10页）。他上中学后才悟到与家人拼命逃亡的意思。在美国被叫作傻瓜蠢猪的范，按他自己的话来说就像无根的草在飘零。如果说《死者的长眠之地》的阮再访越南是为了重新确认作为越南人的一贯性的自我，而范的旅途是为了给身份不定的自己寻找一个可以依靠立足的场所。

范与越南的关系和对祖国怀有憧憬的玉文和阮归德以及怀有又爱又恨复杂感情的美亚混血儿阮坚他们都不同。他们描绘的风景中加入了他们作为越南人的归属感和孤独感。而范描写的风景是没有故乡这个中心的流转的情景描写。他的风景讲述了他的身份是不能用单一起源来概括的。他访问了祖母的家，那里的变化令他非常失望：

　　　　我们走进家中，在院子里我看到了我的树（杨桃树），流着树汁，已经开始枯萎。这棵树让我想起了远离故乡千里之外的美国，在那个寂寞的房间独坐的祖母。把树木劈成柴

有点太老了。树根旁的地面铺着红砖。树叶已经落光，它像
一位熟睡的老妇人一样枯萎了。树像祖母一样蔫了，到处疙
疙瘩瘩，干巴巴的，歪斜着。我找寻的东西在哪里？只有残
骸。（第 182—183 页）

范认识到他的出生之地已经找不到了。范年幼时就离开越南，所
以他描写的风景的特色都是初次看到的风景。没有记忆介入的风
景就像是千篇一律的观光指南般的情景描写。他在河内南部的宁
平河边坐上舢板，

感觉像在越南的威尼斯旅游一样。肥沃的土壤像糖衣一
样包裹着地表。……层层重叠的水田在夕阳下延伸至远
方。……少年趴在罕见的白色水牛背上睡着了。……美景无
法言说地美好，我想尽情地体会。（第 245—246 页）

这段描写是在他说明怎样摆脱警察的敲诈坐上便宜的舢板之后。
和玉文描写的追忆的水田风景类似。范谈及威尼斯的视点接近游
客的视点。在越南把在海外居住的越南人看成"越侨"。范的游
客的视点是受此影响。当"越侨"指越南战争期间逃到美国的
越南人时就是一个轻蔑中带着羡慕的词。范在美国社会被当成少
数民族歧视，在越南也遭到白眼被称为"越侨"。他在河内做翻
译兼导游，与白人游客一起行动，他有一种开放感。"我终于和
一帮与我有相同精神的朋友们在一起了。没有亚洲人，也没有越
南人。只是单纯的翻译，我很高兴，感觉很舒服。"（第 226 页）
他的寻根之旅渐渐地显现出徒劳的样子。

　　到哪里范都是一位游客，风景在他眼前展现的不过是变化的
情景。正如标题《鲶鱼和曼荼罗》中的曼荼罗所示的那样，可
以发现范的这篇游记的结构和旅行的线路一样都是圆环状。从越
南到美国然后再次回到越南这个大圆的旅行和从胡志明到河内再

到胡志明的小的自行车旅行重合。这是一次起点和终点都比较暧
昧的旅行，范称之为"巡礼"，他认识到他的身份不是唯一的，
他是越南人，也是越南裔美国人，也是越侨，同时也是亚洲人，
有多重的身份。所以他描绘的风景随着他的移动在频繁地变化，
并没有特定的"故乡"的风景。

　　有意思的是在他停止了徒劳的寻根之旅时，对自然他又有新
的感觉。那是在旅行最后一站目的地潘切海岸发生的事。他想起
了过去在墨西哥海岸体验过的感觉。"睁开眼睛，我好像受到了
寂静的雷声一击。沙漠的顽固、拍打到岸边的波浪徒劳的热情、
沉浸在忧郁的大海的苍茫、天空中充满的愤怒，所有的都是灰色
的混沌。"（第 337 页）于是此时

　　　　突然身体有一种律动在快速行走。……这也许就是我一
　　　直追寻的意义吧。……这种崇高似乎触手可及。但是又像退
　　　潮时沙从指缝间滑落。我被难以言状的目光守护，一个人伫
　　　立在海边。（第 337 页）

自然在眼前的这种感觉是一种与自然交感时的恍惚感相近的感
觉。幼年时离开越南的范，几乎没有与他出生地联系起来的记
忆。范无法理解玉文和阮所描写的充满了过去和记忆的风景。因
此范的这种感觉与通过借助历史和记忆构建故乡风景的追求不
同。他的感觉更接近于通过与自然交流在此时此地的自我的感觉
中找寻与外界概括性关系的一种行为。这次旅行告诉范，无论在
哪里，现在他想要讲述的这个地方才是他可以依靠的"故乡"。

　　通过以上的论述，我们了解到越南裔的美国人的"故乡"
（越南）随着他们在越南时的生活以及离开时的年龄以及他们对
美国的适应程度的不同而有所差异。共通的是"故乡"的风景
与身份有深刻的关联。玉文和阮他们有身为越南人的稳定的自我
意识，因此他们对各自的追忆风景和南北统一后的越南的风景能

够理解和接受。美亚混血儿阮坚因为在越南生活期间的被排斥，所以他描写的越南并不是令人怀念的风景。而在多重身份间动摇的范，没有记忆的风景，他通过自然的感应产生了感觉上的交流，他把这理解为可依靠的风景。在丧失了"故乡"起源地这点上，他们四个人都是相同的。而范的流转的风景被视为身份的空间，这暗示了对于固有的"故乡"概念需要重新解读。

注释

（1）关于越南裔美国文学的第一代和第二代参照拙文《越南裔美国文学和美国社会——从难民到第二代》，《美国研究》第 35 期。

（2）他们到美国的时间从 10 岁到 20 岁不等，从能用英语表达自己这一点上就可以认定是第二代。论文上提到的人名我尽量用接近越南语的发音片假名来标注。关于安德鲁·范的相关论述与拙文"越南裔美国文学和美国社会"的内容有重合的部分。

（3）20 世纪 80 年代初开始进入美国的美亚混血儿约 2.5 万人和家人 5 万人。

参考文献

De Bonis, Steven. *Children of the Enemy*. Horth Carolina：McFarland, 1995.

Hall, Stuart. "Old and New Identities. Old and New Ethnicities." *Culture, Globalization and The World-System：Contemporary Conditions for the Representation of Identity*. Ed. Anthony D. King. Minneapolis：U of Minn. P, 2000.

Huỳnh, Jade Ngọc Quang. *South Wind Changing*. Saint Paul, Minn.：Graywolf P, 1994.

Langworthy, Christian Nguyen. *The Geography of War*. Oklahama Cities：Cooper House P, 1995.

Nguyen, Kien. *The Unwanted：A Memoir*. New York：Little, Brown, 2001.

Nguyên Qúi Đức. *Where the Ashes Are：The Odyssey of a Vietnamese Family*. Reading, Mass.：Addison-Wesley, 1994.

Palm, Andrew X. *Catfish and Mandala*: *A Two-Wheeled Voyage through the landscapes and Memory of Vietnam*. New York: Farrar, Straus and Giroux, 1999.

小仓贞男:《越南战争全史》,岩波书店,1994 年。

成田龙一:《故乡物语》,吉川弘文馆,1998 年。

Ⅳ 从环境中学习什么

在冲绳的思考[①]

主持　乳井昌史

2003 年 3 月 6 日

研讨会 3　　"从环境中学习什么"

讲师　　加藤幸子（作家）

卡兰·克里岗-泰勒（阿拉斯加大学名誉教授）

高田贤一（青山学院大学教授）

　　ASLE-Japan/文学·环境学会成立十周年纪念大会将于 2004 年 9 月在金泽召开。在此祝愿这个阶段性的大会能够圆满成功。我认为现在回顾去年 3 月在冲绳召开的国际研讨会是非常有意义的。

　　诗人朗诵自己的作品。听到朗诵，我深深地沉浸在愉悦的心情中。那是加里·斯奈德先生的《喜鹊之歌》（斯奈德诗集《没有自然》中收录，思潮社发行）。"垮掉一代"的美国诗人清唱般的美妙声音让我听得入了迷，我想到了诗歌这种艺术表现，通过朗诵吸收了听众的反应，然后会变得更加充实。

　　"停在粗壮枝头的喜鹊　歪着头　心里在说　兄弟啊　是土

---

　　①　本文以在 *New Letter* No. 14 上登载的报告和《地球网络 151 号》上的登载的杂文为基础进行了重新编排。

耳其玉的蓝色吗……心里在问　兄弟啊　是土耳其玉的蓝色吗"。现在回头看"喜鹊之歌"的反问，我感觉就是这次国际研讨会的命题。

在基调报告、作品朗诵、三部分的研讨会、研究发表等内容中，一直在本地写小说的崎山多美的发言让我印象深刻。"冲绳并不美"、"我讨厌海和山"，如果写下来也许给人的是一种挑战性的印象，但是从她口中一字一句说出来，给会场带来了强大的冲击波。冲绳已经被破坏了，却总是片面地讲述原生的美丽，对于她的这个真挚的提问，我能够理解。正因为如此，我感受到了站在文学的视点上在冲绳召开以自然和环境为题的研讨会的意义。

我所主持的这部分研讨会的课题是"从环境中学习什么"。在这个单元中获得芥川奖的作家加藤幸子、对日美的自然文学非常熟悉的原阿拉斯加大学教授卡兰·克里岗-泰勒、青山学院大学教授高田贤一参加了讨论，通过谈论加深了对克服人类中心主义思想和行为的认识。

加藤有机会亲近札幌、北京、东京不同环境中多样化的自然和文化，在这种环境中成长，享受这种喜悦。后来她领导了东京大井填海造地地区的野鸟保护运动，在那里曾建过野鸟公园，根据自己的经历，她解释说"在自然界中人类也和其他生物是一样的"。她的发言令听众印象强烈。

这个论点与引用宫泽贤治的"青森挽歌"中"以前大家都是兄弟所以绝不能一个人祈祷"的卡兰·克里岗-泰勒的想法也是有共鸣的。生活在阿拉斯加森林里的自然文学研究者，详述了伤害大地的人类的傲慢。从"美国儿童文学和自然"的报告中高田所明示的从征服到保护、共生从变迁的自然观里也可以解读出来。

但是世界的状况如何呢？正像斯奈德先生在基调演讲中所担忧的那样"'9·11'恐怖袭击事件后，美国试图以爱国心之名掩盖反环境主义"。关于以后的进展在这里无法说明，但是"野蛮对待自然的社会也会用同样的态度对待人类。在无秩序的时代，和自然共生成为人类新的课题"。他的这个见解与在这个单元发表意见的三位讨论者的问题意识是相通的。里面有与自然的核心野性产生共鸣的文学创作及研究活动所期待的作用。

正因为如此，加藤在研讨会上说的"（实际上并没有见过）我们应该有与世界尽头的生物们都联系在一起的感觉"，更强调了这个意义。之后加藤发表了短篇连载集《池边的住家》，其中登场的是与主人公有交流的名叫九郎的乌鸦。读小说的时候，与其说是拟人化，不如说感觉好像被乌鸦同化了。最根本的意识还是所谓"自然界中人类也是相同的存在"。听着作家的想法，在会场上我想起了两件事。

星野道夫常住阿拉斯加，一直拍摄带有野生动物的大型风景图片。他总是说心中有自然的重要性。"突然脑海中掠过棕熊的影子，在东京生活时有过同样的瞬间，棕熊活着，在呼吸。……这种事情感觉太不可思议了。"（《在漫长的旅途中》，文艺春秋）好像是必然，被阿拉斯加大自然引导的他，在活动的延长线俄罗斯的堪察加半岛遭遇棕熊袭击身亡，终年43岁。他留下的照片和作品成为与自然失去联系的现代人的心灵的寄托。

与我想法一致的还有一位在会场采访的年轻的女记者，研讨会后我听到她说"听了加藤先生的话，让我想起了星野道夫"，我非常高兴。

随后，我与从阿拉斯加远道而来参加会议的克里岗站着交谈了一会儿，当她知道我和星野道夫是好友时，吃了一惊。应该说是不可思议的巧合吧。她用非常标准的日语说："那样壮美的人生往往会突然中断。"说话时她的表情异常严肃。的确如此，那个在麦金利山消失的伟大的冒险家植村直己也是这样。

还有一件事是我主持会议时沉睡在自己记忆中的俳句突然苏醒。"水の地球すこしはなれて春の月。"这是才华横溢的俳人

正木优子的俳句集《静寂的水》（春秋社）开头的名句。

　　这是以跳出自己所在的地球的眼光来眺望与宇宙空间的水之星球地球相距不远的春天润泽的大月亮。我记得自己曾经读过宇航员毛利卫充满真情实感所说的一句话"地球是宇宙的乐土"，俳人并没有特意乘坐宇宙飞船飞往地球之外，却很容易站在相同的视点上。这句也包含着一种神清气爽的感觉、一种想到什么地方游玩的心情。我玩味这句话的含义，觉得广阔宇宙空间中的我们的星球很可爱。

　　尽管如此我还是感叹俳句的厉害之处，它把地球、月亮、所谓的"我"这个人类存在用五、七、五仅仅17个字来表现，俳句的力量很强大。我更坚信在守护无可取代的地球方面，文学具有这种可能性。

　　并不是因为我是正木俳句的粉丝才这样说的。当我拿到那本俳句集时，我就认为，这将是当年俳坛最大的收获。正因为如此，受研讨会讨论的触发，脑海中才自然浮现出"水の地球すこしはなれて春の月"这句俳句。由于时间所限，如果继续介绍这句俳句，就不能把讨论归纳完，所以匆匆结束，感觉有些遗憾。但是通过本文让我有机会介绍，我感觉很幸运。

　　我一直思考着这些事情，从冲绳一回东京，就有一个好消息等着我，俳句集《寂静的水》获得了2002年度艺术选奖文部科学大臣奖（文学类）。这个巧合也让我感到吃惊。我跑过去祝贺，在颁奖仪式后的酒会上与作者攀谈，得知她刚从冲绳观察大鲸鱼归来。获奖后的喜悦是有的，亲眼看到自然界令人敬畏的存在后的感动似乎依然还影响着她。

　　是的，无论是土耳其玉的蓝色，还是东京的乌鸦，或是北海道及阿拉斯加的棕熊，又或是冲绳的鲸鱼，还有水之地球，它们在我们心中的意义是相同的。在我们心中，它们每个都和如何构建我们自己与自然的联系有关。

　　这种观念大概是从平时亲近自然中培养出来的。大自然的基础正在被破坏，如何传给下一代？这也是终于开始被重视的环境教育的课题。

"孩子们遇到的一个个事实，很快就会变成知识和智慧的种子，而各种情绪和丰富的感受性是孕育种子的肥沃的土壤。幼儿时代是耕耘时期。"上远惠子对雷切尔·卡逊死后出版的《疑惑的感觉》有一些评论。在座谈会最后，我引用其中的一节，这段话也说明了与孩子共有为大自然不可思议的力量感到惊异的感性是多么重要。

我再画蛇添足多说一句，虽然时间有限，但是既然采取研讨会这种形式，我希望谈论者之间的交流可以再热烈一些。会上的意见可以适当吸取，这样更有刺激性也更有趣，讨论的内容也更深化。我希望这是一个与演讲和研究发表有所不同的场合。

"自然是什么"[①]

——札幌—北京—东京……

加藤幸子

　　我是加藤，本业以写小说为主。不知何因，我参加了"从环境中学习什么"这个严肃的单元。

　　环境这个词本身就给人一种很生硬的感觉，我想应该是小说家在写小说时绝对不会用的词。学习这一词也是这样，小说家很少有机会使用，因此我有点不知从何讲起的感觉。在什么样的环境中成长学到了什么，我想以这个为题应该有积极的意义，但是我不记得自己积极地从环境中学到过什么，我对自己的发言是否切题没有自信，但是如果让我讲一直以来在什么环境中生活的，以及受到什么影响才成就今天的自己这些话题，我想我可以。

　　我出生在与冲绳正相反的北国札幌。记事起最初的记忆就是雪。我现在仍然记得很清楚，大约两三岁的时候，一天晚上突然下雪。第二天一早透过玻璃窗向外看过去，那天和前一天完全是两个不同的世界。让我非常吃惊。那时候虽小，但是对院墙、近处的各家、院子里的树木等在眼里还是有确切的形状的。但是那天早上起床一看，总之札幌的雪具有强大的威力，一切都被覆盖

了，整体就是一个带着圆形的白色的世界。世界变了！那种吃惊几乎接近自己的原点。那时的记忆仍然历历在目。

还有一件令人吃惊的事，就是我看到雪下面有什么东西在一动一动的。我正在纳闷，我们家养的小狗突然从雪下面跑了出来。狗窝全部被雪掩埋了，几乎和地面一样高，所以看不见太阳出来了，小狗是听到主人的声音才跑出来的。积了很厚的雪，雪下面非常暖和，晚上小狗睡得很好。北海道的狗已经习惯刨开雪自己出来。但是从白色的世界下面爬出一条黑色的狗真是非日常的光景。当然幼儿不会表达，但是有这种感觉。从那时起，那种不可思议的感觉一直挥之不去。直到今天我经常被大自然不可思议的现象所震撼。我常想也许就是雪这个亲身的体验使我执着于小说这种形式。

后来在快上小学的时候，突然从札幌去了北京。是因为父亲职业的关系。在环境影响力较强的孩童时期在北京整整生活了六年。我想很多人都知道现在的北京和近代的东京真没什么不同，是个高楼林立的城市。但是当时的北京就像日本的奈良，是个悠闲的古都，是个非常适宜居住的地方。那里有我很多的回忆。我在北京的经历可以分为战前和战后两个部分。战前上的是清一色军队式教育的国民学校，我非常讨厌，最后不愿去上学，经常在家休息。战后，从讨厌的学校解放出来，我很高兴。这次不是在日本人而是在中国人中生活，就是在中国的社会中生活。还是因为父亲工作的关系，周围的住家都是中国人，交往的孩子们几乎都是中国孩子。成为作家之后，以这段生活经历为素材，我写了好几部作品。

之后的经历令人眼花缭乱。11岁我回到东京，初中和高中都是在东京上的，而大学时代因为怀念所以一个人去了北海道，大学毕业后因工作关系又回到东京和东京近郊。总之20岁出头之前在容易受周围影响的这个时期，可以说我辗转了三个以上完全不同的地域、环境。我想正是因为在我人格形成期受到了多种文化以及风土的影响，所以我才变得有点与众不同吧。

国籍上我的确是日本人，但是我觉得自己像一个文化的混血儿。曾有一段讨论身份的时期，如果让我说，我觉得自己是在不知道该追求什么身份的状态下长大的，但是我并不介意这一点。因为无论去哪里，都受到了当地好的影响，或者说自己融入其中了。也许这是令人幸福的性格，无论到哪里，总之我都能做"我"自己，也可以说因为有"我"，才能融入当地。虽然我出生在札幌，但是如果有人问我故乡是哪里，像故乡一样让我怀念的是北京。严格上说那里不是故乡。我在思考。反过来说，我现在所在的地方，正在做事的地方，后者将来发生关联的地方对我来说都是很重要的，都有可能成为故乡的替代。我知道这种感觉对日本人来说是消极的，是少数派。但是我就是这样。

伊莎贝拉·伯德是位19世纪至20世纪的英国旅行家，她酷爱到世界各地非文明化的地区旅游。她到东北、北海道旅游时写了一部非常有趣的游记。东洋文库出版了日文译本名为《日本奥地纪行》。多年前受其启发，我写了一部小说《带翅膀的女人》，我还是希望让别人能理解刚才讲的这种感觉，想要传达，所以写了这本书。没有唯一故乡的人，外人看来也许就是局外人的印象，而我自己并不是因为感到悲伤才写这本书的。

因为我喜欢鸟，所以举一个鸟的例子，在冲绳有山原水鸡、野口啄木鸟之类的固有种的生息，这是非常珍贵的。因为它们都是濒临灭绝的种类。但是同时也与很多旅鸟和冬鸟一起飞来冲绳，在日本，这里是鸟类飞来最多的地方。有本土飞来过冬的，也有大陆或者其他国家的很多候鸟飞来。对候鸟来说重要的不是生养它们的故乡，生活中的很多环境，每一个都很重要。繁殖地很重要，中间停留地很重要，还有越冬之地也很重要。因为每个都是鸟类生息不可缺少的地方。候鸟的生活方式是它们固有的，它们就是这样的生物。从这个意义上我认为自己也是候鸟类型的人。

　　从北京回到东京后，我开始喜欢有生命的东西。有很多理由，说来话长，所以在此省略。当时我喜欢做两件事。喜欢读书，是个书虫。与此同时，我也喜欢真正的虫子，这在女孩子中是很少见的。

　　我的桌上放着很多的盒子和瓶子。打开其中一个盒子，会看到一片树叶，一条大的毛毛虫在吃着树叶，打开另一边，可以看见身上长着乱蓬蓬的毛的幼虫在吃另一片树叶。有的瓶子装满了水，水中有水生生物在游来游去。我的桌上就像一个迷你的动物园。在迷你动物园包围中读书是我最幸福的时刻。当然我收集的并不都是这些让人毛骨悚然的东西，饲养毛毛虫，是因为想看到羽化后的美丽的蝴蝶。夏天东京也有很多萤火虫，我至今还记得我捉了很多放在蚊帐中躺在床上欣赏萤火虫发光的情景。

　　现在的我以及我的生活和孩童时期还是没有什么变化，也就是说我还站在它的延长线上。简单归纳一下我现在的生活。上午主要写文章，下午会拿出自己喜欢的书阅读，做家务的空当我会到院子里看鸟，散步时会留意路边的花草，我会和停在电线上的乌鸦说话，我依然喜欢书及动植物，在这点上几乎没有变化。

　　实际上我喜欢周围的自然，没有理由，是非常自然的事。这样的机会也常常让我思考什么是自然。宏大的风景、茂密的森林、珍稀的蝴蝶、神秘的湖泊，这些不用说都是自然。大学时代曾热衷于登山，经常走进北海道原始的自然。来到东京后，我并不想去爬很高的山，不知为什么只要看到周围的生物，我就感到很愉快很满足了。当然去国内外旅行，接触不同地域的自然也让我有一种新鲜的喜悦感。

　　如果现在有人问我"自然是什么"，我会回答说包括人类，各种生物各自活着，在大自然中活着，它们之间不需要相互干涉，总之存在着。所以我说的环境是非常混沌的印象，作为前提，要确信和认识到人类也是众多生物种类中的一种，这一点是永远不会变的。因此人类这种生物与其他生物相比既不特别优

秀，也不特别劣等，就是和其他生物一样。我的这个自然观与其
他人的自然观相比也许独特、与众不同，但是我就是这样认为
的。不过对我来说这是一种接近幸福的感觉。因为我总是认为自
己和各种生物是联系在一起的，所以从不感到孤独。身边有鸟，
有虫，有花开，不仅是这些，还有一些看不见的联系，例如和北
海道的黑啄木鸟、阿拉斯加的熊、中国台湾美丽的鸟或者某个
人，当然还有冲绳，还有和罗伯特·迈克尔·派尔所讲的会发光
的蛾子也许都有联系。虽然看不见，但是我感觉和这些生物们，
在世界尽头的生物们是有联系的。这种感觉很难说明白。是一种
喜悦，从自己心底深处涌上来的感觉。换句话说，也许就是无论
到哪里，自己都是自然共同体一员的感觉。所以当我听说自己不
熟悉的遥远的土地的自然被破坏的时候，也会感觉非常痛苦。

活到现在也经历过很多痛苦的事，但是我依然认为自己是个
乐天派，这完全归功于扎根在心里的感觉吧。这种快乐是我自身
的本质，所以在写作的时候会自然而然表现出来，当然有时也是
为了传达自己的感觉而有意为之。除此之外还有一个作为我作品
主题的自然。我从童年时代直到现在，一直有个疑问想知道从人
类是生物的这个基本的自然观来看人类到底是什么样的一种生
物。因此我读了很多书，生物学、文学、社会学等等，但是还是
不明白。有一点我知道，那就是人类是一种心理和行动都非常复
杂的生物。

写作也是一种摸索，我从来不用打字机，都是用手慢慢地
写。在写的过程中能明白人类是什么样的生物，我觉得也是为了
说服自己才写作的吧。

经验的灭绝[①]

——向都市自然学习

罗伯特·迈克尔·派尔/小谷一明　译

　　我出生在美国大平原的西端、科罗拉多州丹佛市的郊外。幼年时候就对高山和大河着迷，而这些地方却很不容易接近。我读了一些有关山里男人和野生自然的书，我居住的地方是个管理完善的地方，这样的地方是很难满足对博物志、自然事物的好奇心以及对人迹未至领域发现的幻想。

　　幸运的是在离我哥哥家一英里以外的地方有一处古老的灌溉水渠。水面宽阔以海莱恩运河而闻名的这个水渠，从洛基山下贯穿到高原的农田，给干燥的风景带来了普拉特河的河水。水渠顺着地形蜿蜒流去。与我们居住的工整的郊外形成对照，给人一种意外性。水渠带来了水源，两岸植物生长，有杨树、柳树、杂草、细长的草丛等野草。到了夏天，我和哥哥以及镇上的很多孩子一起整天在水渠里游玩。在这里我发现了很多蝴蝶，最终我沿着水渠发现了美国生息的蝴蝶种类的1/10还多。我和哥哥还遭遇过冰雹袭击，冰雹像棒球那么大，甚至更大，破坏性极大，足以杀死一头牛，我和哥哥躲在树洞里，才捡回一条命。正是因为

---

① Extinction of Experience: Lessons from the Urban Wildness.

有了郊外这一点点自然，才有了现在的我。

经济发展、疆域扩张这些文明力量的前进是文化支配性的原理，其中空地被视为唯一成长的机会。空地理论也适用于可以接触到的教育资源。现代的文化已经到了失无可失的程度。在开发地区，还能经常看到空地，空地的划分是从有损人类建筑物美观的角度，被视为"空"，房地产商也称之为"荒地"、"废地"。对投资家来说这种场所唯一的价值就是空地可以被填满。对孩子来说，空地保持原貌就好。对于好奇心旺盛、探求心强烈的孩子来说，没有什么地方比空地内容更丰富，没有什么地方比废地更宝贵。但是太多的成人似乎已经忘了小时候的空地。

很多人对土地都寄托着情思，他们会记住小时候与土地熟悉亲近的特别的场所。经常出去玩的或者去探险的或者郁闷的或者想事情的地方，筑起围栅捉动物，与水和植物戏耍的一小片特别的风景。一般这些特别的地方是指有河流、水渠、溪流、水池的水边，有岩石树木的丛林，树木茂密的山谷或洼地、公园，特别是未经整治的公园。还有自古就有的野地、牧草地、草地。对于居住在城市或者近郊小镇的人们来说，在这些特别的场所中常常能发现某种空地。它们共同的特征是端正、野生、神秘性和可能性。对这些场所，很多人记载得异常详细，他们非常清晰带着抑扬顿挫充满感情地讲述那里发生的故事。

可悲的是几乎所有的这些特别的场所都遭到破坏，发生了很大变化。随着科罗拉多州奥罗拉的人口从4万增加到40万，我的水渠也变了模样。野地、沼泽、农田以及森林峡谷全部变成了卡特彼勒牌拖拉机刀下的猎物。场所的磁力、生物多样性、很多基本的魅力都消失了，同时水渠对孩子们的影响力也减退了。如果把科罗拉多州海莱恩运河上的这些变化视为一个问题来看，那么伴随着分散在这个风景中无数个特别场所的消失，其所带来的影响力消失的总量一定是个令人惊异的数字。

孩子与特别场所的密切的关系大家都清楚。盖里·纳布汗、斯蒂文·特林布尔、戴维·索贝尔、吉姆·斯塔福这些作家都在探索特林布尔或纳布汗的"孩童时代的地图"。"地图"上详细记载了只属于他们的场所，围栅、大逃脱、大发现的地方。

读了索贝尔的"杜鹃花的迷宫"和斯塔福的"荨麻和赤杨的野兽之道"，就能明白这些学者、作家们是因为心里风景的契机才走上博物志和文学的道路的。

过去每个学校都会开设自然研究的课程，随着自然科学的抬头，这门课程消失了踪影。现代青少年所追求的特别的场所一直进行着与上课并行的替代教育。孩子们都是自主学习者，上课的内容是由可以接触到的课程决定。如果手边有街市的课程，也许他们就会变成街市达人，如果有计算机课程，也许就会变成计算机画面的魔术师。但是只要身边还有一小片自然，那么即使没有受过正规教育至少某种程度上会有一些孩子成为博物研究家。但是在城市和近郊城市以及郊外的成长面前，野生大地在后退，很多孩子除了家、学校和商业中心之外，根本没有机会近距离接触到其他环境。

把空地铺设成道路，意味着没有机会接触自然环境。没有机会接触，很多事情就无法得知，不知道的话，就会变得自然怎么样都无所谓。集团性的无知就变成集团性的不关心，这样一来，离生态系统的侵蚀和崩溃就不远了。我把这个过程称为经验的灭绝。在经验灭绝发生之前，我们平时要多与园艺、动物、文化、建筑、社会进行多样化的刺激性的接触，培养感知场所丰富要素的能力，感知能力会萌发关心自然和保护自然的心情。但是当共通的种子，共通的经验从我们的活动范围中消失时，也许从某种意义上可以说是场所丰富性的消亡。对于被限定了活动范围的青少年、老年人、残疾人、低收入者来说，接触的丧失带来的影响是巨大的。多样性从视野中消失而始终处在单一的状态下，结果会产生不满、孤独和无力感，为环境考虑的活动就会消失。经验灭绝如果在各地继续下去，只会导致环境更加恶化，孤立更加深。经验灭绝实际上是恶性循环。

经验灭绝已经到达的阶段与阿什利·蒙塔古和约翰·西蒙合著的《人类与计算机》中所描述的超大都市的状况似乎很类似。"非人性，即不关心、无关系、呆在家中是城市生活的方式，因此城市变成了人类失去人性的荒野。"最终导致道德的枯竭，这样说一点都不过分。在这里我并不是主张再复兴圣弗朗西斯科的时代，也不是说追求自然的人都是善人、追求都市的人都是坏人。的确户外的很多游戏（特别是男孩子们的游戏）与残虐行为、破坏行为有关。但是在自然这个整体存在中，个体的人类投入其中一定会产生道德的、伦理的特征。斯蒂文·凯拉特长期研究人类的心理态度。从研究中他作出结论，"越深入研究自然就越能看到培养人类身心的大自然那种无可比拟的力量"。

在高层次的道德的世界中注重包含外部世界的人类。即重视如散文作家吉姆·斯塔福所说的"与故乡之间建立牢固的信赖关系"以及诗人帕提安·罗杰斯"作为土地相邻存在的自我认识"。在无论大区划还是小区划都能自由尽情地接触野生的自然受到很好保护的国家里，利奥波德的大地伦理将呈现出更大的发展。自然这个基础的枯竭即我们对自然造成的时间上和数量上的枯竭，妨碍了人性的发展。正如蒙塔古和西蒙所写的那样"与自然乖离，就会产生这样的自然观，即自然与我们完全无关、是孤立的存在、是常常与我们敌对的。这是一种病态，只有常常与无可替代的自然做深刻的交流才能摆脱这种病态"。将人类文化与非人类自然再度结合的所有的活动，都可以遏制这种病的发展。但是在经验灭绝这方面还有一种病是我们今后必须要考虑的，那就是威胁孩子们身体健康的社会上一些病态分子的行动。

在外出游玩时会在身体上留下各种"勋章"如刀伤、擦伤、骨折这些经常会伴随着我们。但是在外面玩太危险这种威胁警告语的出现是因为有些成年人企图诱拐伤害孩子。自古就有这种幽灵，但顶多是吓唬孩子的妖怪之类的。随着人口增加、人口密度的上升，事件频繁发生，大家都知道现在几乎所有的家长都不会爽快地同意孩子外出。自由自在在外面玩耍在我们那一代是理所当然的，甚至可以说是基本的生存权。传说中的暴力犯罪是现实中的危险，耸人听闻的新闻报道营造的是架空的危险，而且父母们原本就认为森林是个危险的场所。最近我认识了一位对自然非常了解的大学女老师。就连这样的女性，如果没有人陪也不会让七岁的孩子单独到家（那里有狭窄的胡同）外面玩。这种做法对于过去曾经是孩子的我和友人来说简直是一种拷问。如果小时候到水渠游玩的自由我得不到，那么我现在就不可能成为一个博物研究家。青少年外出机会的丧失以及可以轻松外出的场所的丧失是程度完全相同的悲剧，我们必须清楚这是必须要克服的课题。

现在由于没有自然研究，少年们居住地的多样性的后退，再加上从安全方面考虑使得行动范围缩小，置换现实世界的虚拟世界开始抬头。电视长时间地让我们的视线从现实世界转移。盖里·保罗·纳布汗（Garry Paul Nabhan）在《有雨味道的沙漠》（*The Desert Smells Like Rain*）中描写了穿着时装的电视台记者与居住在亚利桑那州南部的托赫诺奥哈姆族（Tohono O'odham）族长见面的情景。这是一档介绍传统农业及其衰退的电视节目，担任主持的这位女主持人问道："为什么年轻一代的人不愿意遵从传统呢？"

"罗拉听了这话，立即站起身。他离开手抱着胳膊的简，他紧盯着镜头，右手指着"，纳布汗是这样写罗拉的答案的，"就是电视。年轻人都看电视。他们一动不动坐在电视机前，不愿意出去。这种状况下如何让他们耕田、种地、收获果实？对，这个摄像机就是一切的罪魁祸首"。

过去十年电脑游戏、互联网以及其他各种间接体验性的娱乐机器已有凌驾电视之势占据了孩子们的时间。手机的使用使得街角到高速公路到处是沉迷于电子产品的人。最近乘坐777型机去旅行的时候，看到我的两个年幼的弟弟玩游戏入迷的样子我心都乱了。此时飞机正飞过视线一览无遗、阳光照耀的格陵兰岛的重山、冰原和冰山。而更让我心乱的是乘务员的态度，她劝阻我放下窗户，看机内的电影。

对于"网络上的课外授课散步"以及"到世界各地的魅力虚拟远足"替代修学旅行，我心里也是感觉不安。当然电子媒体可以有效地传达事实和想法，唤起对动物和地理的兴趣。但是世界上最高级的冲击力被编集在一起，为了一下子消化，高容量地被打包在一起。这样一来世界上"普通"的日常惊奇（简直像被愚弄的感觉）的传达就会失败。就像现实生活不光是由赛车和高楼爆炸构成的一样，说到日常自然，比起电视节目《动物星球》中提到的交尾的犀牛，更多的是指在草丛中交尾的蚂蚱。大半的老师也非常清楚，蝴蝶翅膀上的花纹再闪耀也绝不可能美过高像素的照片。

所以"水渠是什么"这个提问是个问题。水渠、河流用水泥加固，或者生活污水全部通过下水管道流入，这样就变成了孩子不能接触的地方了。保留着丰富自然的水渠、河流、原野、森林在步行圈内的城市近郊，那里的孩子们是幸福的。我要强调的是公园、自然保护区是无法与"中古的土地"、"古老的自然"（这相当于自然学者理查德·麦比所说的有名"非公认的深山"）相提并论的。公园往往被过度地整治而且经过化学处理，所以勾不起爱冒险的少年们的兴趣。而自然保护区到处铺设道路，大概是为了在无尽的探险途中让人们看清楚自然保护区可以提供的东西。但是为了让特别的场所发挥魔法，有必要让孩子们可以自由地爬树，抓捕各种生物，浑身湿透。最重要的是留下自由的足迹。通常在自然保护区是禁止这些行为的。理由我也能理解。为了自然区域的永续、为了阻止生物多样性的减少而采取严格的保护，这一点我也赞成。但是非公认的深山、未被管理的游玩场所同保护区一样，需要珍惜爱护。我们要谨慎不张扬，要认知可以给我们魔法的场所，像爱护公园、保护区一样对待它们（虽说如此，但是还是不要对它们有任何处理为好）。

孩子们不是从各自的伊甸园被放逐，而是伊甸园从孩子们脚下被抽走了。如果城市的规划者能把空地写入城市开发的主计划，那该是一件多好的事啊。但是不幸的令人讽刺的是常常发生与此正相反的事。为了抑制郊外周边无计划的人口蔓延，为减少城市人口外流，选择了填充概念即把城市人口密布最大限度化。填充对保持城市的范围有一定作用，但却是空地、荒地爱好家的憎恶对象。

但是也有一些城市规划者认为应该让阳光也能照耀到城市的小河上，他们努力让小河回到地上。这件事对于孩子们的经验来说，已经超出了恢复失去的河流的意义。还有空地也是可以恢复的空间。耶鲁大学森林社会学者威廉姆斯·伯奇一直在研究城市荒芜带来的各种好机会。由于产业的衰退，密歇根州的底特律市约有三万多个空地，人们为此而烦恼，或者说因此而受惠。"我们在底特律的斯拉姆街正在造国有树林"这是伯奇的名言。斯拉姆街是最早饱受经验灭绝之苦的场所，也是最早在被抛弃的土地上找到宝物的场所。

也就是说经验灭绝并不会永远持续。磨断的、切断的联系可以再度接起来。而且我们不要忘了孩子们本身就是个适应力很强的生命体。孩子们也是想象的达人，他们可以把洗衣机当成小屋、草丛或者丛林，把鼹鼠窝看成山，把休闲地绵延的土拨鼠的窝想象成没有道路的非洲草原。同时他们是缩小版的惊异、神秘、野生的鉴定人。用机能性的游园地、公园替代带水池的竹林、漆树林的城市规划者是失败的。

我们的城市必须保护孩子们的自然环境。那是一块不受限制的、未开发、未管理的土地，是没有人工布置和安排、只有不期发现的场所，必须保持少年少女与动植物泥土交融、未经雕饰的自然。因为对孩子们来说，未污染的充满惊奇的场所才是最神圣的大地。那里是孩子们的想象力瞬间与大地、水联系起来的场所。只要能待在那个稀有的场所，是看着孩子们玩耍时光就不可思议地流逝的神圣的世界。孩子们只要能看到这样的场所，就会明白什么是快乐。但是能够探索的有魅力的场所消失了，在同伴们一个个迷上新游戏的状况下，孩子们恐怕连什么是快乐的记忆都没有了吧。我害怕这种状况发生。能够回忆起自己的河流、空地的我们应该拼上性命保护孩子们的伊甸园。

从事大地文学的我们有义务在城市、农村、野生等各种风景中写一些有关野生概念的作品，让读者感到野生是个离他们很近、易品味、有魅力的概念。我们有特别的机会和责任告诉读者，如何才能"与故乡之间建立牢固的信赖关系"以及如何获得"作为土地相邻存在的自我认识"。我想如果能够推动与超出整个人类的自然界的直接关系以及对那个世界的关心那该多好。艺术家、活动家们（如里克·博斯、泰利·藤派斯特·威廉姆斯、简·古德鲁都是这种双重身份）是一切我们称之为自然的不可或缺的盟友，他们为了把经验灭绝的可怕结果防患于未然在共同战斗。

我是出自城市水渠的环境作家和活动家，我把这看成我的工作。伟大的哥斯达黎加鸟类学者、博物志的作者桑塔·斯卡奇这样说："因深刻理解而能给人深刻关怀的人们能感觉到最神圣的责任。那就是必须全力守护培养了我们理解心的世界。有爱和理解的心才是世界最高的希望。"

从环境中能学到什么

——避难所再思考

卡兰·克里岗-泰勒

环境教育是一个跨学科的领域，所以教育者不仅要读自己专业领域的书，还应该读各种文献，努力把握各领域之间的相互关系。这将会为环境文学作出巨大的贡献。以培养孩子们对自然感受力的雷切尔·卡逊（Rachel Carson）的《疑惑的感觉》为例，我们首先要普及卡逊的思想基础自然科学等知识。另外作为环境教育的一个教授方法，要从各个领域的视点给学生解释关键词的意思，同时还要说明这些词汇在不同的文化、物种（人类以外的生命）以及生态系中有怎样微妙的不同，这对提升生态学的知识是很有意义的。以本文为例，我将通过自身的经验和最近的环境文学对阿拉斯加、日本以及非洲肯尼亚流域的避难所（refuge）的概念进行论述。Refuge 有各种含义，其中有"避难"、"逃避的地方"、"安全的场所"、"安逸的场所"、"每个人心灵寄托之地"等等意思，再加上地理学上的解释"在冰河时期等大陆在整体气候变化期中，气候变化少，在其他地区已经灭绝的物种仍然存活的地区"，从国有土地管理的角度也可以解释为"野生动植物保护区"。

1　问"避难所"的概念

小时候我住在东京近郊，那时玩耍的场地就是近处的水田。我捞蝌蚪，或在水边静静坐着看蜻蜓，那是个培养对自然敬意的非常好的环境。但是不知从何时起，稻草人变成了肯德基爷爷，现在居住在那里的孩子们和生物们的避难所是什么样子呢？

我20岁左右时，为了更接近大地生活，在阿拉斯加东南买了一块地，现在那里已经有了一片小桧树和铁杉的森林，我一直住在那里。那是个被险峻大山、冰河、海所包围的地方，人类只有乘坐小型飞机和船只才能出入。那里的风景经常变化。二十五年前，开始后退的冰河融化成河流，流经此处留下了沙石黏土，才形成这块地方。三十年前邻居是熊和狼。二十年前驼鹿渡过海湾在这块新土地上安了家。三十年间村里的人口从80人增加到400人。那里没有村公所。是个没有任何规则的地方，所以权利和责任的平衡完全是个人的问题。那里有野生动植物，也有居民，他们梦想着建立美国生态学者奥尔多·利奥波德想象的土地共同体。我们的想象力以及对他人和其他生物的关心如果不能和这个风景一起进化，那么那只是一个无法实现的梦想而已。

去年春天这块土地上有史以来第一次有两只山猫从阿拉斯加中部经过长途跋涉，翻越山岭，试图进入这个共同体，然而迎接他们的是一个猎人。对他来说共同体的多样性还不如他从山猫皮上挣得的区区四十美金更经济实惠。或者说在至今捕获的动物名单上又增加了一种，这种自我满足对他更重要。他拿着山猫皮来到村里的小学校，很骄傲地向孩子们炫耀。他的态度和州政府的态度也是对应的。州长对狼采取了攻击的政策，他似乎想把阿拉斯加州变成白人猎人的狩猎场即驼鹿和驯鹿的大牧场。还准备把包括阿拉斯加东南的温带雨林，包括灰熊的生息地的树木全部砍伐掉。州长还有更大的目的，就是在北极野生动植物保护区搞油田开发。与其促进石油开发还不如减少能源使用和提高效率能给国民带来更长期的利益。

以前可以把自己的土地当成避难所，而现在我们要像鸭长明那样结庐，像我一样在森林里盖自己的家，在离开村落的地方已经不能满足了，自然的大地在消失，把自然理解成避难所这个概念本身完全变成了幻想，已经没有余地再沉醉于个人的满足了。这种状况下避难所还真的存在吗？

一想到纽约发生的恐怖袭击、以色列和巴勒斯坦的纷争、布什总统的伊拉克战略还有与这些相关的严重的地球温暖化和生物多样性减少等问题，似乎在远处寺庙传来的钟声里听到了《平家物语》的序文：

> 骄奢淫逸不长久，恰如春夜梦一场；
> 强梁霸道终覆灭，好似风中尘土扬。

这种傲慢的态度在现在被认为是对其他物种（人类以外的生物）以及其他文化不敬的表现。这不仅是民族主义及本民族中心主义的傲慢，更是人类中心主义的傲慢。自然的大地已变为战场。从全球的视点上看，人类之间以及人类和野生动物之间围绕土地和水的竞争非常激烈，现在土地利用的比例是动物占5％，人类占95％。根据世界动植物保护监测中心的调查被指定为国立公园和保护区的地方只占到陆地面积的5％，其中还包括被冰河覆盖的生命很少的地方（*Making Park Work*，2）。

2　萤火虫的避难所、里山

以普及生物多样性理论出名的动物学者 E. O. 威尔逊（Edward O. Wilson）2001 年出版了 *The Best American and Nature Writing* 系列，在序文中他写道："人类要传达的故事就是我们的生存手册。"在 T. T. 威廉姆斯的所谓的"环境恐怖"的蔓延的状况下，生物生存下去必须的新形态的避难所、构成避难所的要素以及建造守护这样的避难所不可缺少的手段等都隐藏在这样的生存手册里。

关于这样的生存手册，京都精华大学的社会环境学教授、琵琶湖博物馆研究顾问嘉田由纪子有一些著作。2000 年出版的《身边环境的自分化——追求科学知识与生活知识对话的萤火虫观察活动》（《大家一起来观察萤火虫》）和 2001 年出版的《水边生活的环境学》值得关注，她给我们指出了在日常生活中也有可能存在避难所。她指出普通生活的人也可能站在加害者的一方。60 年代公害的原因是某个企业的生产过程所致，而后来"急速发展的城市化和工业化进程中'普通地生活'也会成为公害的原因"，她写道。

嘉田对琵琶湖周边的居民做了一次关于河流、水池以及湖泊的传统利用法的调查。这三十年来利用法似乎传不下去了，习惯了现代生活的居民不知道该如何回答这个问题。据说连琵琶湖被污染的事也是通过媒体知道的，很多时候自己的眼睛已经看不到身边的环境了。嘉田选择了萤火虫作为水质的指标，和居民一起开始萤火虫的观察活动。萤火虫在日本文化中长时间以来一直作为鉴赏的对象，20 世纪 60 年代开始就从琵琶湖消失了。居民们通过再次发现萤火虫用自己的五感实际感觉出环境的变化，他们为了恢复琵琶湖流域健全的生态开始努力了。

嘉田把这个活动称之为"生活环境主义"。通过文化的视点对环境再发现，让市民感受环境所有权，提高他们日常生活的意识。这个活动已经持续了十年，市民们把自己的回忆、观察、经验写下来，在新闻来信专栏登载。这就是《生息地的文化》的作者盖里·保罗·纳布汗所主张的"给未知的风景赋予新的故事（风景的再度故事化）"的过程（第 319 页）。

琵琶湖周边被称为里山的农业生态系统，耕地仍然保持着良好的状态，可以传给下一代，家族农业、养分再循环方式的多样栽培反映了传统农业是站在长期的视角上。但是战后大量生产和运用技术的短期视野的农业政策，使得现在日本全土以农药为中心的单一栽培已经成为现代农业的标准。其他地方的一部分居民中，有越来越多的人发现了留存下来的里山中生态学的、美学的、传统的价值。这种现象反映了一般市民对生态学的理解正在普及。

我想从另外的视角来看里山，里山经常被解释为表现人类与自然和谐共生的理想环境，但是我们不能忘记，在那里以前流汗的百姓也受到过非人的待遇，那里生息着山猫、狼、熊、猪等，那里曾是丰富的湿地和水边。还有现在里山的劳作方式家族农业正在不断衰退。里山定义为"身边的自然"，可以理解为能勾起人们怀旧情结的地方。我们认为北海道的棕熊的生息地也是阿依努族人"身边的自然"，对琉球人来说珊瑚礁也是他们"身边的自然"，还有我们身边的自然有时作为避难所呈现出各种各样的形式，这点认识非常重要。

里山是健全的农业生态系的范例，日本列岛有很多固有物种的生息地，作为生态系是分散的、孤立的，站在食物链上的肉食动物已经消失，从这个角度看，作为确保生物多样性的避难所，需要更宽广的不受人类影响的场所。

3 大象的避难所、非洲大草原

城市化以及工业化农业的普及失去了生物的多样性，非洲大草原、亚马逊的热带丛林以及阿拉斯加的国立公园这些被认为野生动物可以永远安全生活的场所也面临着各种压力，那里变成了战场。发展中国家的野生保护多使用动物保护团体或者世界银行的资金，用这种资金解决问题时，他们多追求短期效果，采用的是不适合传统的土地利用或者已经形成的生态学的典范的方法，更招致当地官员的贪污，结果往往是环境不仅没有好转反而更加恶化了。

　　著名的古生物学者理查德·里克在 2001 年出版了《野生动物的战争》（*Wildlife Wars*），他以 20 世纪七八十年代偷猎致使大象濒临灭绝的事件为例，讲述了在贪污腐败的政府下设立能够发挥作用的野生生物局是多么困难。当时象牙还在世界市场上流通，所以很多偷猎者从周边各国进入肯尼亚偷猎大象。国立公园中很多动物和动物保护者被杀害，还有因贪污乱用国际援助资金，援助被中断，国立公园的状态更加恶化。新的野生生物局成立后，情况慢慢好转。1989 年华盛顿条约订立，全面禁止象牙交易，这对肯尼亚来说也是一件积极的事（第 117 页）。但是，2002 年 11 月华盛顿条约会议又取消了这项规定，允许多余的大象交易。因此 12 月成立的肯尼亚新政权在经济、教育和医疗方面不仅没有得到改善，反而为了保护肯尼亚的大象和观光产业需要付出更大的努力。由于华盛顿条约撤销了对大象的保护，保护区有可能变成与拿着机械枪的偷猎者作斗争的战场。

　　大象的生息地还面临着其他问题。随着人口的增加，平原也转化成了农田，野生动物与游牧民的土地变得越来越狭小。以前大象可以在非洲大陆自由行走，而现在为了防止大象入侵村子和农田，周围都围上了通着电的栅栏。还有肯尼亚的水问题也很严重。安博塞利和沙弗莱国立公园的水源来自海拔 5895 米的乞力马扎罗山。由于地球变暖，万年雪在减少，而且能够维持雪融水的山下的森林不断被砍伐。人口 50 万的门巴萨市也是以乞力马扎罗的水为饮用水，人口增加，动物们最先成为水问题的牺牲者。而且与肯尼亚无直接关系的战争和恐怖事件对野生动物也有影响。观光是肯尼亚的中心产业，战争和恐怖事件造成观光收入下降，大象等野生动物最后的避难所也即将被夺走（第 28、192页）。

4　作为避难所的亚马逊流域

　　不仅在非洲，可以成为避难所的场所在亚马逊的深处也有，那里也充满了危险。全世界 75% 以上的物种存在于只占地球面积 6% 的热带雨林，其中生物多样性的中心据说是秘鲁的马努生物圈保护区。直到现在那里还有站在食物链上的肉食动物以及与现代社会还没有任何接触的民族居住。但是正如热带生物学家约翰·特博古（John Terborgh）在《自然的安魂曲》（*Requiem for Nature*）所描述的那样，秘鲁没有余力来保护这么大规模的公园。

　　据特博古描述，被农田、村落包围的公园是野生动植物生息的"小岛"，那里保护的与其说是动植物，不如说是生态系的各种机能和过程。例如捕食、授粉、寄生、草食等等。而且特博古认为所谓生物的多样性就是"为了把生物灭绝控制到最小限度而创造的条件"。站在食物链之上的肉食动物起到的作用是保护生态系的健全性。因此站在顶点的动物的消失，是其他物种衰退的开始。某个地域如果要成为动物的生息地、避难所，那么面积至少要足够维持三百头有繁殖能力的雌性动物的生存，这是保护遗传因子多样性的最低数量。特博古说美洲豹至少需要 75 万公顷，而角雕（捕食猴子的大型鹫）则需要 150 万公顷（第 162 页）。

　　根据 1997 年的调查，地球上约有 8% 的热带雨林以各种形式被保护起来，但这些地区多数是"纸上的公园"（Paper Park），即只是文件上记载的名称而已。这些公园也没有配备守林员，农业、矿业、砍伐等侵略非常激烈（《自然的安魂曲》，第 60 页）。还有一些"沉默的森林"，虽然有树木，但是听不到动物和鸟的叫声。森林里的动物被猎人射杀，在市场上作为野味销售。一般人都是在旅游指南上读到公园的名字，如果在船上眺望像海一样广阔的森林，也许会认为这样的场所作为生物的避难所足够了，但是这个避难所不过是错觉而已。

最近热带生态学家的研究表明，即使有资金研究保护某个特定的场所，但对于保护某些动植物还是不够的。例如，去年我参加了为大规模生态系研究募集资金的集会，我了解到给亚马逊岸边的居民提供蛋白质的各种鲶鱼，在其生命周期中，已经不再停留于河流特定的区域，而是活跃在整个亚马逊流域。正如鲶鱼的研究者所说的，野生动物的管理和生息地的保护必须以各自在生命周期中使用的生息域整体为前提。参加集会的约翰·特博古说："如果我们的科学是不正确的，那么我们就不能正确理解生物存活下去的条件。无论社会怎样努力，野生动物也会不断地走向灭亡。"（《自然的安魂曲》，第17页）所谓的避难所，生态学的规模非常重要，每个个体的微妙之处和联系规模的巨大，似乎是人类难以掌控的。

结　论

通过读这些作为生存手册的作品，我们可以明白避难所存在各种各样的规模。有多样物种的场所，其中嘉田的以生活环境主义为基础的复原生态学和里山的农业生态系可以说是范例，即在人口密度较高的地区也能实现多种生物的共生。肯尼亚的平原现在还保留着半游牧民和野生动物避难所的机能，但是威胁着这个避难所的各种问题，实际上都存在于城市上百万人和孩子们从没见过大象的事实中。各地开始的环境教育节目如果能随着教育的改善而普及，那么在肯尼亚的游猎活动中最重要的是必须让孩子们参观动物，如果不给孩子们直接接触野生动物的机会，就无法期待下一辈人会维持被称为肯尼亚国宝的野生动物的避难所。在非洲和南美，正当的国际援助如果能从经济上对公园周边的生态旅游和当地文化的介绍给予支持的话，中心的避难所就可能继续维持肉食动物和大型食草动物的生存。还有鲶鱼的例子，我们可以看到为了保护物种和它们的避难所，有时需要采取以超越国界的更广大的流域为对象的政策。通过刚才所讲的各种模式的尝试，我相信地球整体有可能再次变成生物多样性的避难所。

　　那么有着广大的土地、人口密度低、生活水平高以及强力的民主主义背景，受惠于各种有利状况的阿拉斯加的公园和保护地为什么会受到来自各方面的威胁？对于居住在阿拉斯加历史不长的原住民以外的人们，这个原因就是刚才讲到的以本民族中心主义和人类中心主义为基础的妄自尊大。即使在阿拉斯加这样的比非洲和亚马逊环境优越很多的社会，多样性的避难所如果放任不管的话也会消失，所以我们必须常常努力保护好它们。

　　为了让地球作为永远的避难所存续下去，有必要从小学开始在各种层面上实行环境教育和比较文化教育。这种教育特别必须的是学习包括生态学的科学，从自己文化的视点以及比较文化的视点来学习环境给人类带来灾害的历史以及日常生活中隐藏的环境主义的教训。而且要给孩子们机会去结交来自异文化的朋友，还有给他们机会尽量多参观野生动物的生息地。环境文学在这样的教育中也起到重要的作用。在思考共生和生物多样性的主题时，我的脑海中常常浮现宫泽贤治的"青森挽歌"中的一句诗，"大家/以前都是兄弟/绝不能只为自己祈祷"。我觉得贤治的诗里有一种力量，引导我们走向对他人和人类以外生物具有关怀意味的避难所。（原文日语）

参考文献

Leakey, Richard and Virginia Morell. *Wildlife Wars*. New York：St. Martin's Press，2001.

Nabhan, Gary Paul. *Cultures of Habitat*. Washington D. C：Counterpoint，1997.

Terborgh, John, et al. （eds.） *Making Parks Work-Strategies for Preser-*

ving Tropical Nature. Washington D. C. ：Island Press，2002.

Terborgh，John. *Requiem for Nature.* Washington D. C. ：Island Press，1999.

Williams，Terry Tempest. "One Patriot." Nelson，Richard，Barry Lopez and Terry Tempest Williams. *Patriotism and the American Land.* Great Barrington，MA：The Orion Society，2002.

Wilson，Edward O.，ed. *The Best American Science and Nature Writing 2001.* Boston：Houghton Mifflin，2001.

嘉田由纪子：《身边环境的自分化——追求科学知识与生活知识对话的萤火虫观察活动》，水和文化研究学会编：《大家一起来观察萤火虫》，新曜社，2000 年。

嘉田由纪子：《水边生活的环境学》，昭和堂，2001 年。

美国儿童文学和自然

——从环境教育的视点看

高田贤一

1 孩子和自然

美国是在严酷的自然环境背景下成立的，因为自然威胁到人类的存在，因此被视为应该征服的对象。但是 19 世纪中期以后，随着把自然神圣化的浪漫主义自然观在社会的渗透，自然不再是破坏的对象而是变为保护的对象，人们开始把自然当成休息和放松不可缺少的空间。1872 年在黄石诞生了世界上最早的国家公园，其背后就是这种社会意识的变革。正如《圣地——19 世纪美国的观光地》的作者约翰·西尔斯所说明的那样，美国自然观的变化是美国特色的自我主张的体现，可以归结为对惊异的自然空间的关心高涨取代了古老的寺庙。当然，并没有因国立公园法的成立，自然保护的精神作为不动的理念被固定下来。所谓的"可持续性开发"在各地仍然在进行，开发和环境保护之间的摩擦直到现在还在继续。

自然保护的意识一方面在加深，自然破坏也同时在进行，有这样历史的美国，在儿童文学方面是如何表现孩子们与自然的关系的？还有以孩子与自然关系为主题的儿童文学作为环境教育的一环处于什么样的位置？给孩子们买画书、故事书读给他们听的大人起到了怎样的作用？这些问题都放在我的脑子里，我想关注几本画书和故事书。首先以两部属于动物故事范畴的作品为例，玛·金·罗琳斯的作品《一岁的小鹿》（1938）和史坦林·诺斯的《我昔日的拉斯卡尔》（1963）。

《一岁的小鹿》以南北战争后开发佛罗里达深处的原生林的垦荒地为舞台，描写了与垦荒农的父母一起生活的少年裘弟接触自然的成长过程。故事中说所描写的少年体验的自然是很容易让人类陷入破灭危机的非常残酷的自然。袭击重要家畜的熊、剧毒的响尾蛇、猛烈的暴风雨和洪水是对入侵开拓原生林的人类充满了敌意的自然。如果敌意一词有点拟人化，那么我们重新用自然本来的样子来重新表现。裘弟驯养小鹿小旗的起因是父亲被毒蛇咬了，需要用鹿的肝脏解毒，于是杀死了一头雌鹿。小旗是被射杀的雌鹿的孩子。故事描写了裘弟和小鹿的相遇及分离带给他的成长。

故事的最精彩的部分是当小鹿长大被野生唤醒开始啃吃农作物时，为了家人的生活裘弟必须亲手杀死小鹿的情景。对于与小鹿同睡同起的少年来说，没有比这更残酷的了。人类为了在自然环境恶劣的垦荒地生存，作为在大人开荒破坏环境延长线上的行为，即使是孩子也不得不直面杀死自己的伙伴小鹿的残酷现实。这种状况下，裘弟没有选择。把在人类世界成长的小鹿放归野生首先是不可能的。杀死小旗后的裘弟不再是与小鹿玩耍的孩子，他已经变成了小大人，过去撒娇孩子的王国消失了。少年与是朋友、是兄弟的小鹿向遥远的地方"一起奔去，永远消失"了（第428页）。杀死小旗终结了裘弟的孩童时代，意味着孩子与自然和谐共处的世界的消亡。

故事设定在南北战争后的垦荒时代，作品提出的问题即使在现在也是很沉重的。对于饱受严酷大自然之苦的垦荒农来说，生存是最大的课题，即使是孩子也必须正视这个课题。这里根本就没有人类与自然共生概念介入的余地。

　　如果亲手杀掉自己心爱的动物过于痛苦，把野生化的宠物放归自然界也是一种选择。史坦林·诺斯的自传故事《我昔日的拉斯卡尔》就是其中的一个例子。幼年丧母，父亲因工作常不在家，对少年史坦林来说浣熊拉斯卡尔就是他不可替代的朋友，但是很快野性大发的浣熊开始袭击近处的鸡，于是在家里无法继续养下去，最终他把拉斯卡尔放归野生。拉斯卡尔与少年的分离，起因是它比少年早一步成长，它自觉认识到了野生的存在。与几乎不可分割的朋友拉斯卡尔分离，当然会感到孤独，少年从与浣熊的友谊中找到了安慰。分离是促使少年自身自立和成长的信号。

　　裘弟从杀死小鹿这件事上学到了自然的严酷以及生存的困难，少年史坦林也从与小浣熊的相遇学到了一些东西。他哥哥参加了第一次世界大战，当战争终于结束那天，他准备把用陷阱抓到的动物卖掉换钱购买圣诞礼物，当史坦林看到皮毛的目录中有被陷阱捕获的小浣熊的图像时，他有一种"强烈的自责之念"，他发誓不再杀害鸟和其他生物——"那天在法国停止了人杀人，而我也在同一天和鸟类以及动物们签订了永久的和平条约。这是一直以来我遵守的唯一的和平条约"（第160—161页）。对拉斯卡尔的爱使他对杀害动物抱有自责之念，进而对饲养野生动物拉斯卡尔做宠物这件事，他自认为"夺走了小浣熊自然生活的自己太自私，没有同情心"（第186页）。他对拉斯卡尔的认识从安慰了自己孤独的心像玩具一样的存在到应该在自然界生活的生存，发生了很大改变。

　　少年史坦林与裘弟生活的时代有很大的不同，他出身于富裕家庭，因此他的这种认识的深化是可能的，应该引起注意的是这个少年的心灵的成长。从把拉斯卡尔看成是与自己一体化存在的姿态到开始思考拉斯卡尔是不应受人类意识随意摆布的独立的存在，少年的心里一定有伴随着疼痛的自觉和认识。与自然共生不只是个概念，有可能变成现实的行为，为此，这样的认识和自觉应该是不可缺少的前提。

这些故事中的动物是讲述孩子成长故事的道具，这个作用比较浓重，这个可以说是以人类为中心的故事描写动物的基本方法。实际上在后面我有所叙述，司各特·奥台尔的《蓝色的海豚岛》（1960）是应该特别提出的特例，把孩子和动物双方看成对等关系的儿童文学现在几乎没有。在自然破坏和濒临灭绝危机的动物问题日益严重的现代，讲述牧歌式的孩子与动物间心灵交流的故事已经变得极其困难了。认识到人类和动物确实有距离的故事，例如西顿的动物记能够唤起怀旧的情绪就是这个原因。

2　表现的自然

希求自然是田园生活的空间。但是这个可以休息的另一个世界，正如以梭罗的《瓦尔登湖》（1854）为先例的很多作品中所描述的那样，令人厌恶的文明的尖兵机械也公然入侵进来。或者是从现代自然文学作家代表爱德华·阿比的《砂之乐园》（1968）中看到的这样的场景，作为在沙漠一个人游戏的环节，把烟蒂放在河边，把旧轮胎扔进谷底。把自然界看成是与压力众多的现实社会形成鲜明对比的另一个幸福世界也好，还是把那里想象描绘成无拘无束的乐园也罢，事实上都已经不可能了。自然界里已经清晰地记录下了人类和文明的痕迹，自然明亮面的背面有阴暗面，自然也是恐怖和危险的源头，这一面也几乎确实得到了证实。儿童文学中这个视点也不可避免地被正在定型。以光影并存的现实自然为舞台的故事，我想介绍罗伯特·麦克洛斯基的两本画书。

讲述在海边生活的一家人故事的《海边的早晨》（1952）描述了一个少女第一次认识到了自然界惊异的体验。年幼的莎莉掉了一颗乳牙，以这个体验为契机，她把目光投向吃——这个人类和自然界共通的营生上，获得了切实的成长。值得关注的是在少女成长过程中自然处于不可缺少的位置。

一天早晨去港口小镇买东西莎莉感觉自己的一颗乳牙马上要掉了。她马上告诉了妈妈。母亲告诉她，掉乳牙是成长的标记，妈妈、家里的小狗都换过牙了，妹妹将来也会换牙。莎莉的不安消失了，第一次要掉牙的奇妙的感觉一直挥之不去。掉乳牙这个人人都会经历的小事对初次经历的莎莉来说真的是一件大事。

早餐后莎莉追问在海边挖文蛤的爸爸。因为她想知道在到爸爸这里来的途中看到的海豹和海鸥是否也有牙齿。一到目的地港口小镇，莎莉就让认识的人看她掉牙了，他们似乎很稀奇地盯着莎莉张开的嘴看，开着玩笑。店主送给她一支冰淇淋作为她帮忙的奖赏，画书迎来了圆满的结局。

《海边的早晨》告诉我们，在孩子的成长中，能够充分理解孩子的疑问和不安的父母、温暖守护孩子成长的社会以及作为惊奇和神奇宝库的自然界的存在这些都是必需的。少女周边自然界的居民、鸟类和动物们也告诉我们生存、吃东西都是极其自然、理所应当的事。生物觅食是自然界不可缺少的食物链，实际上人类也一样要吃饭，通过掉牙这个私人的体验，知识得到了升华。

这本画书中的自然界也不光是阳光照耀的美好的世界，作者不着痕迹地描写了这里也是吃和被吃的残酷戏剧上演的舞台。他的代表作《美好时刻》（1975）把这个思考更进一步发展，展示了自然界潜藏着危险，为了生存不可避免地被弱肉强食的食物链支配，暴风雨来袭时人类等所有生物都只是无力的存在。画书中登场的孩子们目睹了自然令人恐怖的力量，岁月侵蚀的岩石、被暴风雨吹倒的树木、几乎要把家给吹走的暴风雨。可以说麦克洛斯基的画书虽然是以田园生活空间的自然为前提，拥有令人意外面孔的自然所展示的惊奇形成了一个主题。

3　与自然共生之梦

如果从孩子和自然的角度重读鲍姆的《绿野仙踪》（1900）可以看到作品对以往写作风格的挑战。本来作品是作为一个冒险故事来读的，讲的是因为龙卷风多萝西的家被卷入了一个不可思议的世界——奥兹国，然后展开了冒险之旅。作品深层隐藏着人类与自然界新型关系的暗示。在故事的设定中有意思的是多萝西虽然是个少女，但是在奥兹国遇到了无脑的稻草人、无心的铁皮人以及胆小的狮子们，把她从弱小无力的自我幻想中解放出来。与此同时，在自西向东的旅行中，她不断地解放了一些被邪恶女巫夺去自由的当地的人和生物们，而且多萝西与旅途的伙伴们产生了爱、友情和关联。这个过程就是人类站在顶点的金字塔序列的崩塌，是人类和动物间存在的界限的破坏。

多萝西与旅途伙伴建立的关系假定暗示了与人类中心主义的自然观不同的思考，这样故事深层隐藏的另一个故事就会浮现出来，即揭示人类与自然共生的故事。

结合美国西部开拓史，他们自西向东的旅行中植物的稻草人、矿物的铁皮人、动物的狮子还有人类的多萝西这些异质者之间产生了牢固的连带关系，这种设定是有一定意义的。西部开拓使原住民印第安人陷入了水深火热中，金银铜等矿物被挖掘殆尽，森林在无限减少，水牛濒临灭绝，带来了各种迫害和自然破坏。多萝西他们向西的旅行和西部开拓史刚好是相反的。作品中他们之间的关系反复用同志来表现的其中一个理由是为了强调他们超越了各自所属的世界本来不可能有的这种强烈的伙伴意识。为了描写现实世界这种不可能存在的连带关系，鲍姆需要借助美国最早的真正的幻想形式。这样想来，这个故事也可以作为预告了人类与自然共存时代到来的先驱作品来读。

当现代作家准备诚实面对现实的时候就很难写出人类与自然

幸运和解之类的轻松故事。人类中心主义的想法至今仍然根深蒂固。但是也有一些故事强力地表现了人类与自然共生的可能性。例如司各特·奥台尔的《蓝色的海豚岛》（1960）。

这部作品讲述的是 19 世纪中期在加利福尼亚附近岛屿独自一人生活了十八年的一个少女的真实故事。主人公卡拉那生活的地方是一个和平的岛屿，受物欲驱动的外国入侵者登陆后不仅为了毛皮乱杀海獭，还杀死了岛上大半的人。活下来的岛上居民为了寻找新的生存之地准备移居到其他岛屿，混乱中卡拉那和弟弟被留在了岛上。不久弟弟被野狗咬死，少女独自一人在岛上生存。少女为了保护自己不被野狗威胁生命，她打破了岛上不准女子制造和使用武器的规定，进而杀死弟弟的野狗群的领头狗成了她唯一的朋友。她的行为意味着打破了旧文化的禁忌，打破了性别的壁垒，和应该憎恨的敌人动物之间甚至产生了友情。

作者在故事的"后序"中称这是个"女版的鲁滨逊·克鲁索的故事"。但是卡拉那与笛福描写的主人公有根本性的不同。带着枪漂流到岛上的鲁滨逊认为自己是岛屿的拥有者是君主，因此他让体现自然野性的星期五称他为主人，两个人的关系一直是主从关系，即支配的一方和被支配的一方。如果把星期五当成野生的体现者，那克鲁索代表的是把自然置于支配之下的文明。

而卡拉那在无人的岛屿上忍受孤独，和野狗、小鸟、海獭交朋友，在这样的生活中，她的想法发生了很大改变，除了为了生存最低限度的生物以外她绝不杀生。和这些生物成为朋友改变了她的想法。在岛上长期独自生活的体验让她认识到人类与自然共生的新关系。当少女从以前的父权社会的规范和价值观以及物欲中解放出来时，就是朝开辟人类与自然通路的新价值观又前进了一步。为什么不杀生，少女是这样说明的：

　　　　如果姐姐乌拉培、父亲和岛上的人们都回来了，也许会问我为什么不杀鸟和动物，我想我会大笑。但是是朋友或者

> 不是朋友的生物们我都不想杀。为什么？因为动物、鸟类虽
> 然不像人类那样说话、行动，和人类却是相同的生物。如果
> 这些生物都消失了，这个地球一定会变成无趣的世界。（第
> 156 页）

少女的话鲜明地表现了她的认识，即地球是人类和动物们共生的场所。这听起来这好像是表明理想的话。但是不要忘了卡拉那的认识是经过残酷试练获得的，因此她的话是基于自己的体验，很有分量。

奥台尔的《蓝色的海豚岛》真实地向我们提示了人类与自然共生的可能性。问题是现状，这个观点在以后的儿童文学作品中没有得到充分的发挥。在环境问题被视为重要课题受到注目的现代，或者今后我们希望出现新的作品，不是在孤岛独自生活的极限状态下而是在日常状况下追求人类与自然、孩子与自然共生可能性的新故事。

既然讲到期待新的儿童文学的登场，就不得不提一下所谓的"小玉"骚动。2002 年 8 月上旬在流入东京湾的多摩河下游一带确认了有一只小海豹生息，名为"小玉"，这成为当时的话题。8 月下旬小玉在横滨的鹤见河出现了。河面漂浮着空罐和塑料瓶，小玉在岸边晒太阳的情景在电视、新闻中连日报道，正值暑假，有很多父母带着孩子来参观，很多人担心"有饵料鱼吗"、"水质没问题吗"。

小玉的出现给了我们一个再认识的契机，即城市不只是人工的空间，也是与自然邻接的空间。流经城市的河流看起来像被污染的死河，实际上河里也生息着很多种鱼类，这些鱼类来往于河流和大海之间也是事实。可以引用动物行动学家堂前雅史的话，"城市的河流是穿越城市的动物的通道……是野生动物与人类相遇的场所"（第 127 页）。如果用符合冲绳国际研讨会总主题的话来说，可以说河流是自然与城市对话的场所，是人类与自然相

遇的接点。为了看小玉聚集到河岸上的孩子们不仅接触了与自然共生的意味深长的故事，也读到小玉这个活教材、"小玉的故事"，体味到了与自然接触的幸福。孩子们看到的故事以后如何发展这要看大人如何处理。该如何读"小玉的故事"？辅导孩子们阅读是共享这个故事的大人们的责任。我期待从中能产生新的故事。

雷切尔·卡逊在《疑惑的感觉》（1965）中反复提到把孩子带入大自然的大人们的作用是与孩子共享体验而不是教授。作为环境教育的一环，也应该利用儿童文学。首先故事的趣味性也要和大人共享这是不可缺少的。没有必要对作者的主张以及故事的主题做详细的说明。重要的是共享画书和故事书中的一个个情节的趣味性、不可思议性和惊奇性。卡逊说得很准确，孩子们通过故事了解的事或者在自然界中看到的每一个小小的体验都会"很快成为产生智慧和知识的种子"（第113页）。以接触自然为题材的画书和儿童书，不仅对生活在现在的孩子，对容易忘却童心的大人来说也是一粒重要的种子。

参考文献

Abbey, Edward. *Desert Solitaire*：*A Season in the Wildness*. New York：Simon& Schuster, 1990.

Baum, L. Frank. *The Wonderful Wizard of Oz*. New York：Signet Classic, 1984.

McCloskey, Robert. *One Morning in Maine*. London：Puffin Books, 1976.

——. *Time of Wonder*. New York：Viking Press, 1992.

North, Stering. *Rascal*：*A memoir of a Better Era*. London：Puffin Books, 1990.

O'Dell, Scott. I*sland of the Blue Dolphins*. New York：Dell Books, 1987.

Rawings, Marjorie Kinnan. *The Yearling*. New York：Charles Scribner's Sons, 1996.

Sear, John F. *Sacred Places*：*American Tourist Attractions in the Nineteenth*

Century. Amherst：University of Massachusetts，1998.

　　雷切尔·卡逊著、上远惠子译：《疑惑的感觉》，佑学社，1991 年。

　　堂前雅史：《小玉不需要"保护"》，《论座》2003 年 2 月号，朝日新闻社。

试论冲绳环境文学
——"环境"、"正义"和"讲述"

山城新

序

2002 年 2 月末我有机会在冲绳市泡濑渔港附近的设施参加了反对泡濑干潟围海造地的集会。可容纳一百人的集会所中有六十几个人在等待集会的开始。我看了一下参加集会的人，年龄各异，有仿佛参加过 50 年代全岛斗争的头上裹着红头巾戴着太阳镜的中老年人，也有学生模样的年轻人，还有记者。集会上与泡濑有各种关系的人们用各自的方式讲述了泡濑干潟的样子、在这里的体验和想法，当时的情景与其说是反对围海造田的大合唱，不如说有一种想密切关注事态的状况的紧张感。

本文的标题中带有"冲绳环境文学"，我不想具体论述基地污染或噪音问题这些美军基地存在这个直接原因造成的冲绳的环境问题。我想考察在文学上已有体现而还没有被充分认识的冲绳的环境问题和环境运动。与此同时介绍一下最近环境文学研究中引入的"环境正义"的概念，试着勾勒出"环境文学"的框架。但是我发觉只是单纯地把"环境正义"与"冲绳环境文学"两个词放在一起，就已经出现了几个问题。环境正义到底是什么？冲绳环境文学是什么？当然最大的问题是通过环境正义如何对冲绳文学作出新的解读？本文会特别把焦点放在最后一个问题上，介绍几部作品。这样环境正义和冲绳环境文学的射程将自然而然显现出形状。

还有一点，本论文为什么开头要这样写？这个提问的对象是读者？还是作者？"谁"来讲述？为了"谁"而讲述？到底"讲述"是什么？解构（descontruction）以来，在文学评论中尝试寓言式解读时，这些问题会反复被提及。"讲述"可以不断增加环境文学研究的存在感，在环境正义领域也开始实践，但是给我的印象是对于"讲述"意味着什么并没有充分地给予说明。本文在考察冲绳环境文学和环境概念的同时也思考一下什么是"讲述"。

环境正义和美国的环境正义

20 世纪 60 年代到 80 年代，环境正义的概念开始在美国盛行。当初并不是指概念而多指纽约和北卡罗来纳州形成的草根环境运动本身。特别是北卡罗来纳州的沃伦郡 80 年代兴起的反对运动的起因是政府决定把专家质疑有安全问题的有害污染废物的填埋地放在很多贫困阶层的非洲移民居住的地方。运动抨击了环境负荷与人种及贫富差距密切结合的分配不公平的现象。

为了反映这样的历史背景在环境文学研究中使用环境正义的概念时，首先会从环境问题的文化的、社会的观点来研究。环境问题中隐藏了怎样的人种差别和社会不平等，或者在"环境保护"和"环境保全"的名义下什么样的人们被牺牲了，通过这些问题对既存的作品加以再研究，进一步挖掘作家。其根本目的是通过对知名作家作品的研究，使已成型的有关既存环境文学研究的学说相对化，即追求多元化。

"1999 年秋天世界各国的很多环境活动家、工会人员、佛教僧侣、先住民们、有些吵闹的妇女们在华盛顿的西雅图聚集……"当我阅读以这段讲述开始的《环境正义论文集》（*The Environmental Justice Reader*, 2002）时，可以发现最近的倾向更是把环境正义当作一个总括性的概念在使用。实际上论述了环境正义是生态批评不可缺少的研究的杰尼·亚当森（Joni Adamson）、雷切尔·斯坦（Rachel Stein）在文集的开头介绍了"用语、意思、概念的定义还在流动"，并提出环境正义作为"人类平等享有健全环境的权利"，"在环境问题解决过程中多文化的视点上的必要性"（Adamson, et al. 4—6）。如果能常常站在社会上少数派的观点上看环境问题，就会拒绝有关环境学说的类型化，从多角度攻击批评社会的根本构造这个对象。环境正义论处理的是城市环境问题以及与环境问题相关的人种问题，同时具有通过环境教育谋求教师连带责任的一面。

这里我还想再介绍一下如何说明环境正义这个概念。环境正义的研究应用在文学研究时环境正义中的"正义"意思是什么。援引戴维·史洛斯伯格（David Schlosberg）的定义。（1）平等。公正（equity）——环境的负荷不因人种、收入、身份的不同而有所偏向，应保持公正。（2）认识（recognition）——有文化的社会的多样性的环境意识、问题意识反映了各种利益。（3）一般参与（public participation）——不是环境团体和政治家等，要保证一般民众参与到政治决策的场合。在史洛斯伯格的论述中环境正义体现的是多元性的原理，这种多元性带有激进性。而且可以用"主观间性"（intersubjectivity）这一词来表达。主观间性的交流首先要认识他人，要理解他人的意见和立场，克服与他人之间的差异进行交流，这些是基础。而且主观间性应该达成的不是目的，而是理解他人的手段、过程，通过这个主观间性不是追求整齐划一而是保持多元性的连带，这才是环境正义的原理。

根据戴维·哈维（David Harvey）的理论，环境正义揭示的是一个矛盾点。一方面环境问题源于某个特定的场所，而另一方面问题的核心是由社会、政治力量的构造决定的。环境正义中的

"正义"原则所明确的问题被埋没在"场所"这个经验的世界里，而另一方面环境正义的追求和社会上的问题意识、权利尊重以及要求自立的普遍斗争是对等的（Harvey，399）。这里环境正义只有两种选择——在存在无限环境正义的地域的环境运动只作为多元化的斗争来理解，或者把在某个地域的环境运动获得的经验抽象化、普遍化后作为应用于其他地域的例子。这里哈维给出的答案是不只要解决环境问题，也必须直视产生问题的资本分配和社会的、经济的构造。

在文学研究中导入环境正义的概念使人类与环境的关系不断地获得多元化的论证，首先要把环境问题看作是公正问题。这不是在自然破坏和动物保护这一既成的框架中看问题，而是从在这个场所中生活的人的角度（参与），尊重和场所的实际关系（认识），对人类与环境的关系进行多元化、总括性地分析（公正）。而且必须明确的是什么经济的、社会的、文化的问题产生了环境问题。而且这些必须以特定的场所为基础，尝试着去解析规定了人们环境意识的根本构造。

至此终于开始弄清楚了《环境正义论文集》中的环境正义理论的框架。原则上以约翰·罗尔斯对正义的定义（即"公平的正义"，"justice as fairness"）为依据，而环境正义的历史性、其运动的原理和实践方法则集中在史洛斯伯格和哈维提到的上述几点上。把文学中表现的另一个环境问题或者描写环境的另一位作家这些积极的多元化的实践纳入到生态批评中，这就是环境正义的尝试。

到这里我大致介绍了环境正义的概念以及批评实践，接下来我想提出一个问题，即实践环境正义的研究者们多半无意识状态下尝试的"讲述"这一行为在环境正义的实践中具有什么意义。希望大家再一次回想一下《环境正义论文集》开头的讲述行为。讲述者在论文中讲的都是自己的经验。在文学研究中"讲述"是什么？在生态批评中实践环境正义的论证者们多半无意识中采用的讲述在环境正义或者生态批评中具有什么意义？在这里我暂且不回答这些问题，我想在研究冲绳文学的环境正义概念的过程中部分给出答案。作为准备工作，我先概观一下冲绳的历史的社会状况作为试论冲绳文学的路标。在环境正义的实践中，"讲述"中有生态批评和环境正义的接点。

冲绳环境问题的构造

新崎盛晖在《琉球弧的住民运动》（扩大 CTS 阻止运动的汇编）中指出琉球的环境问题有三个特殊性：（1）在"二战"中大规模的自然环境和社会环境的破坏。（2）菠萝、甘蔗种植等农业造成的自然破坏。（3）20 世纪 70 年代激化的石油基地开发带来的填海造地以及沿岸海域的污染。用更大的框架归纳了新崎论点的论文是鹈饲照喜的《地域开发和地域环境问题——冲绳地域开发的开展和环境问题》。鹈饲照喜指出冲绳的环境问题的几个重要点，"回归后突然从本土大量涌入的官民两方的开发资金"、"无视自然条件、历史背景的不同，推行开发使得矛盾突出"，"象征日美安保条约矛盾的基地问题与环境问题同时集中在冲绳体现"等等。由此我们已经可以看出环境问题不是经济发展、工业化过程带来的，而是冲绳的战争体验、随后持续的不平等军事基地的存在以及为了弥补这种不平等性采取的经济复兴政策造成的。

实际上日美两国官民一体的开发资金的流入造成的大规模的自然破坏在施政权返还后一下子加速了。例如 1969 年尽管中城村议会反对，冲绳石油 KK（海湾石油）的石油精制工厂还是建立了。1971 年石油泄漏覆盖了中城湾一带。在高速成长期，日美两国政府认为必须确保石油运输通道，于是就有了金武湾地区的石油储备基地（CTS）的建设计划。与此关联的从与那城村平安座岛、宫城岛通往与胜半岛的四公里多的海上道路建设把冲绳本岛和地域住民直接用道路连接起来。这也是回应住民们减少地域差距的措施,但是工程遮断了海潮,使得金武湾的生态发生了激变。

冲绳文学和环境问题

冲绳的文学是如何看待这一系列的大规模的冲绳开发的?关于施政权返还后的文学的特质,冈本惠德在《冲绳文学的情景》(2000)中指出,首先是出现了"站在新的视点上想重新理解战后过程"的作品(第19页)。具体的可以看到以又吉容喜、比嘉秀喜、上原升为代表的作家们从"占领—被占领"的构图中解放出来以及他们表达的变化(否定现实主义)。冈本试图去理解施政权返还后的复杂化的、多样化的现实,结果给文学定了型。在这里作为导入环境正义的切口,如果站在常用的"他人"的视点上把冈本的话换一种说法,那么就是复杂化的、多样化的现实是未被认识的"他人"构成的。从公正的立场上接受所有他人的现实,把多元的世界作为现实认识并接受,这些和环境正义的追求都是一致的。

如果再深一层考虑冈本指出的前面所述的经济的激变,就不能只停留在"他人"的视点或者登场人物的多样性的问题上,还可以作为更大的、意识形态的、文明的问题来理解。例如冈本在同一部书中评论了另一部作品《龟甲墓》(1959)。这部作品"把二十世纪的机械工业文明象征杀戮的兵器重新理解描写成民间故事版的《Dororon》,这样神话的世界才能成立"("前言",第53页)。翻斗车和推土机所代表的机械文明和巨大资本,指的是美军基地的一部分、美国的资本同时还有日本本土的资本。发出响声闯入冲绳社会的这些"他人"带来的冲绳自然和共同体的风景变化、社会构造的改变以及随之而来的各种问题都是产生冲绳环境问题的构造的表露。

　　考虑这样的背景，我们可以同时用环境文学的视点和环境正义的视点对同时期描写冲绳的作品重新阅读。例如冲绳的代表作家大城立裕的作品描写的冲绳文化改观带来的人们的纠葛也可以说论述的是环境正义。

　　例如大城的《盛宴之后》（1979）是以位于本部半岛对岸的伊江岛为舞台，把围绕海洋博览会的开发和本土资金流入而被愚弄的村民们的故事写成了一出闹剧。被本土来的以经纪人为首的商人所骗，他们卖掉了土地，建民宅，甚至要毁掉参拜的场所，结果以失败告终。在经济热潮的影响下，许多"他人"来到村里。开始村里人对这些"他人"如经纪人田端正己等怀有戒心。但是村民们听外人讲规划，开始信任并依赖这些外人。经纪人出身大肆购买了村里土地的本土来的田端这样说，"冲绳人即使知道自己总有一天会被出卖，但是在技术上仍然依赖日本本土"。

　　田端指出的扭曲的冲绳人的意识源于当地的特殊性。对于社会的基础被美军基地接收、靠着土地费的收入才实现战后复兴的冲绳，他们不得不依赖日本政府的援助和美军基地。但是在公正关系没有建立之前——就没有谈论公正问题的机会——可以说公正关系被土地费和公共事业的各种物质分配法掩盖了。这种时候和他人的关系在本质上绝不是平等的。田端所说的意思是，在不公正的前提下，粉饰公正的关系，可以说这就是冲绳人扭曲的态度。这种扭曲的态度处于一种矛盾的构造中，想要建立公正，给予他们的却是不公正。

　　更应该注意的是实际上作品中描写的本土来的外人是扰乱村民的生活一方，而在场面的间隙还插入了美军演习的样子让人震动，这是另一方拥有绝对力量的他人。当然首先这是为了演出离岛现实状况的材料，有一定的效果音。但是另一方面作品会话中出现的"海洋博览会"和"战争"可以说具有相同的隐喻意义——都隐喻着单方面的、破坏性的、压倒性的力量。当然一直以来在冲绳的战后文学中一直反复强调的"破坏力＝美军"观念已经深入冲绳文学，所以"海洋博览会"言语上指的是"外部压倒性的力量"，这表明与"美军"存在联动的隐喻体系确实存在。在这样反复的隐喻体系中带入环境问题的作业——我不敢确信这种解构是不是可以解读为脱修辞化——但是可以说我是在尝试着评论环境正义。即作品表现了有关公正问题的环境问题与资本流入以及美军基地从根本上是相互关联的问题。大城在这部作品中真实再现了遭受愚弄的普通冲绳人的形象。

环境正义如此有效是因为作者认识到了冲绳环境的复杂性和特殊性并积极地呼吁。这种批评并不只是强调冲绳这个场所的特殊性，而是站在激进的观点上要求普遍性的社会构造的公正。

但是虽然在大城立裕的作品中可以看到有关"认识"和"公正"的正义问题，但是史洛斯伯格强调的正义三个侧面中的"一般参与"，用住民运动这种形式来解读环境问题可以说还不够充分。当然这和战后围绕基地问题和土地问题的斗争往往要尝试重新追问基本人权状况在性质上是相似的，因此在如何运用"公正"概念上也许给人的印象只不过对已经指出的几个要点换一种说法进行再确认而已。其中用先驱的形式表现了住民的环境正义的立场暗示了今后冲绳的环境运动、环境文学发展方向的作品是安里清信的《海是人类的母亲——来自冲绳金武湾》(1981)。我想借着介绍这部作品来谈一谈环境正义的另一个侧面"讲述"，以此作为本论文的结尾。

首先要说明的是这部作品不是安里写的，而是根据对安里的采访——即由"讲述"构成的纪实作品。安里在冲绳本岛东部沿海、胜连半岛北侧、面对金武湾的以与那城村的屋庆名为中心的金武湾反 CTS 斗争中起到中心作用。安里的讲述是作品的中心，通过自然环境和人们的生活方式描写了安里居住的场所（屋庆名）。

作品开头讲述了有关名波松吉老人的事。名波一边种植甘蔗和洋葱，一边照顾着残疾的外甥。他是参加 CTS 建设反对运动的住民的一员，由于车祸于 74 岁去世。与海共生是他的生存之根，他一直支持着住民运动。作品描写的并不是他和安里是怎样的关系，而是把住民运动中相关的每一个象征性人物都当成是与当地自然保持密切关系的个人来描写，通过讲述他们生存方式和思想来明确自身的土地和共同体的关系。

　　"所谓的住民运动是居住在那里人们被国策强制，如何让自己得到理解，主动地把内部的东西推向表面化，这时才能成立。"（第 42 页）环境运动始终扎根于场所，如果没有对这个场所存在的共同体以及这个共同体中生活的个人的认识，就不能形成坚固的基础。安里的这个主张很明显和环境正义主张的场所是有联系的。接着安里对住民运动的原理是这样说明的：

　　　　所以说住民运动不需要代表。住民的每个人都是代表。因此"守护金武湾会"里没有代表。这一点官员们不明白。他们说没有代表的组织很奇怪，他们不会与没有代表的组织见面。但是，有代表。和他们讲了每一个人都是代表，但是他们不明白。（第 42 页）

安里这里强调的是基本的住民自治的方式。只有在这个场所生活的个人主体性的坚固的关联中，才能形成总体的住民运动。在这个场所生活的人们根据自己的身体和经验去思考场所，发现这里生活的必然性，进而使共同体的存在方式普遍化。这个过程和金武湾住民运动达到的环境正义的理念是一致的。

　　这里再次思考一下安里的"讲述"。安里的讲述到底起到了什么样的作用？首先安里的讲述使 CTS 运动更加客观，反过来说由于安里的讲述方法和讲述对象的不同使我们的视点变得相对化。所谓的 CTS 斗争是通过安里讲的名波松吉、大城文、伊计常被讲述的，这种尝试不是客观地淋漓尽致地表现所谓的 CTS斗争。安里说"守护金武湾会"里没有代表。可以说是以"每个人作为代表", 拒绝独白式的单独的声音, 是一种分散声音的尝试。与金武湾发生关联的方式每个人都是不同的, 有关这个场所的斗争每个人也不尽相同。所以金武湾的斗争不能单纯地理解为"环境保护"运动。拥有许多不同的声音, 追究复杂的公正问题, 这才是安里在《海是人类的母亲》中实践的环境正义的原理, 拒绝一概而论, 通过讲述各种各样的人与场所的关联使围绕 CTS 建设的金武湾的战斗多元化, 这种尝试才是安里"讲述"的意义。

因此在环境正义论中所谓的理论化的讲述首先是有意图把环境相关学说相对化并再编集。实际上不能把讲述者只看成书写环境问题的人, 他们参与了发生问题的现场并通过自己的讲述参与了文学的创作。这样既避免了环境问题的类型化, 也避免了讲述环境问题的环境学说的类型化, 这是用极其激进的方式对环境相关学说进行再编辑的尝试。但是我们必须要经常关注作为目标的多元化和问题是怎样认真面对环境正义所追求的"正义"的。再重复一下, 这种情况下环境正义尝试的不是单纯的"环境保护"的大合唱, 而是对环境问题的多元性以及起决定作用的公正性和不公正性的再要求。

结　尾

本论文以讲述反对泡濑干潟围海造地的集会开篇。实际上参加集会是因为数月前有消息称金武湾地区的冲绳石油精制将在 2004 年 4 月之前关闭一部分。但是不久之后的 2002 年 12 月中旬泡濑干潟围海造地的工程就开始了。在工程结束之际, 集会也开始了。CTS 部分消失了, 另一个泡濑干潟围海造地即将成形, 一方面一个环境问题改变了形式和场所, 另一方面转移的形象还在那里。

金武湾地区的 CTS 斗争控诉的是石油精制只是临时性的公

共事业。果然不出所料，他们以部分经营困难为由解雇了相当规模的劳动者，可以预想对引进 CTS 的与那城町来说打击是巨大的。这更加证明了安里他们信仰参加的斗争运动是妥当的。

如果要问安里他们金武湾的住民斗争是否成功了，会很容易迷失问题的本质。正如环境正义论所论述的那样，我们应该把产生环境问题的社会的以及历史的构造视为问题，因为"环境保护"不是唯一目的。应该追究的是大张旗鼓反复迎来 CTS 那样大型事业的构造以及被愚弄的住民间实力的不均衡。因此，我们现在就必须直面过去存在问题的根本构造，考虑眼前的问题。即 CTS 问题是什么？从中我们可以学到什么？泡濑干潟围海造地现象内部问题核心是什么？还可以追问冲绳文学研究。冲绳环境问题状况如何？如何表现？深层构造是如何决定人们的环境意识的？我想通过这些批判性的尝试，冲绳的环境文学也将开始成形。

参考文献

新崎盛晖：《琉球弧的住民运动》，三一书房，1981 年。

鹈饲照喜：《地域开发和地域环境问题——冲绳地域开发的开展和环境问题》，《讲座环境社会学》第二卷，有斐阁，2001 年。

冈本惠德：《冲绳文学的情景》，仪来社，2000 年。

高崎哲郎：《印刻在山原大地的决心》，宝石社，2000 年。

户田清：《要求环境公正——环境破坏的构造和精英主义》，新曜社，1994 年。

嶋津予志：《骨头》（1973），《冲绳文学全集》第八卷，国书刊行会，1990 年。

大城立裕：《盛宴之后》（1979），《大城立裕全集》第八卷，勉诚出版，2002 年。

安里清信：《海是人类的母亲——来自冲绳金武湾》，晶文社，1981 年。

Adamson, Joni, Mei Mei Evans, and Rachel Stein, eds. *The Environmen-*

tal Reader: Politics, Poetics and Pedagogy. Tucson: U of Arizona P, 2002.

Harvey, David. *Justice, Nature, & the Geography of Difference.* Oxford, Blackwell, 1996.

Schlosberg, David. *Environmental Justice and the New Pluralism: The Challenge of difference for Environmentalism.* Oxford: Oxford UP, 1999.

执笔者介绍

编者介绍

山里胜己

琉球大学教授，ASLE-Japan／文学·环境学会代表。作品及翻译作品有 *Literature of Nature：An International Sourcebook*（合著，1998）、加里·斯奈德《山水无尽头》（合译，思潮社，2002）。论文 "Kitkitdizze, Zendo, and Place：Gray Snyder as a Reinbabitory Poet"，*The ISLE Reader：Ecocriticsm, 1993 – 2003*（U of Georgia P, 2003）等。

高田贤一

青山学院大学教授。著有《美国文学中的孩子们》（密涅瓦书房，2004）、译作有《英美儿童文学的宇宙》（合译，密涅瓦书房，2002）。

野田研一

立教大学教授。作品有《交感和表象——什么是自然文学》（松柏社，2003）、《岩波讲座·文学》7《创造的自然》（合著，岩波书店，2003）等。

高桥勤

九州大学助教。作品有《绿色和生命的文学》（合著，松柏社，2001）、《浪漫派的空间》（合著，松柏社，2000）等。

斯科特·斯洛维克 （Scott Slovic）

美国内华达大学里诺分校英语系文学与环境教授,美国文学·环境学会（ASLE-US）第一任会长。主要著作有《美国自然文学中的意识》（*Seeking Awareness in American Nature Writing*,1992)、《在这个世界中存在》（*Being in the World*,1993)、《超越绿色——美国西南部的环境文学》 （*Getting Over the Color Green*,2001) 等。

加里·斯奈德 （Gary Snyder)

诗人、散文家。加利福尼亚大学底比斯分校名誉教授。获得过普利策奖（1975)、伯利根奖（1997)、佛教传道文化奖(1998) 等多个奖项。著作有《龟岛》 （*Turtle Island*,1974)、《野生的实践》（*The Practice of the Wild*,1990,重松宗育、原成吉译,山溪谷社,2000)、《山水无尽头》（*Mountains and Rivers without End*,1996,山里胜己、原成吉译,思潮社,2002)、《没有自然:新诗与诗选》 （金关寿夫、加藤幸子译 ,思潮社,1996) 等。

研讨会 1

主持 山里胜己

巽孝之

庆应义塾大学文学系教授。著作有《超小说的思想》（筑摩书房,1993/2001)、《新美国精神》 （青土社,1995 年度福泽奖),译作有唐娜·哈拉维《塞伯格女权主义》（リブロホート水声社,1991/2001,第 2 届日本翻译大奖思想部门奖) 等。

切瑞尔·格劳特费尔蒂 （Cheryll Glotfelty)

美国内华达大学里诺分校英语系文学与环境副教授。除了与哈罗德. 福摩合编了《环境批评读本》（*The Ecocriticism Reader*,1996) 之外,现在正在编辑美国内华达州的文学选集。

斯科特·斯洛维克

罗伯特·迈克尔·派尔（Robert Michael Pyle）

诗人、散文家、生物学者。主要著作有获得"巴勒斯奖"的《鹿蹄草》（*Wintergreen*，1986）、《大脚印之谜——走进怪物神话的森林》（*Where Bigfoot Walks*：*Crossing the Dark Divide*，1995）、《雷木》（*The Thunder Tree*，1998）等。

研讨会 2

主持 野田研一

高银

活跃在诗歌、小说、散文、评论等广泛领域的韩国诗人。主要作品有《众生》15 卷（1986—1997）、《南和北》（2000），诗集有《我的波之音——高银诗选》（1993）、《超越自我——韩国禅诗集》（1997）等。其他还有《环——历史环境文明》（藤原书店，合著，2001）、《华严经》（三枝寿胜译，茶水书房，1995）、《祖国之星高银诗集》（金学炫译，新干社，1989）等。

森崎和江

诗人、评论家。主要作品有《唐行小姐》（朝日新闻社，1976）、《庆州母亲的呼唤——我的原》（新潮社，1984）、《北上幻想——寻找生命的祖国之旅》（岩波书店，2001）、《生命之旅——韩国·冲绳·宗教》（岩波书店，2004）等。诗集有《森崎和江诗集》（土曜美术社，1984）等。获得过第 16 届福冈市文华奖（1991）和第 53 届西日本文化奖（1994）。

刘克襄

中国台湾作家、诗人、记者。主要作品《候鸟停留的树木》（1984）、《野性的心》（1986）、《消失的亚热带》（1996）、《静静流浪》（2001），小说有《鸟儿飞翔》（1997），诗集有《候鸟的故乡》（1984）。获得过很多诗歌和童话方面的奖项和环境保护运动的奖项。

崎山多美

作家。出生于冲绳县八重山郡竹富町。代表作有《水上往返》（1988，获得第 19 届九州艺术祭文学奖）。小说集《反反复复》（讲谈社，2003），散文集《语言产生的场所》（砂子屋书房，2004）等。

研讨会 3

主持　乳井昌史

原读卖新闻社文化部部长、散文家、东京农业大学客座教授。作品有《慢慢行走——思考"自然环境"44 册》（NHK 出版，2003）、《昭和战后史教育的进程》（合著，读卖新闻社，1982）等。

加藤幸子

作家、自然主义者。《有野饿鬼的村庄》（第 14 届新潮新人奖，1983）、《梦之壁》（第 88 届芥川龙之介奖，1991）、《尾崎翠的感觉世界》（艺术选奖文部大臣奖）。以自然为题材的作品有《我的自然观察》（朝日新闻社，1999）、《伴随疼痛》（新潮社，1999）、《鸟儿、人类苏醒过来！》（藤原书店，2004）。

卡兰·克里岗-泰勒

阿拉斯加大学名誉教授。日美自然文学、农民文学研究家。因翻译宫泽贤治的《雪渡》、《夜鹰之星》2001 年获得花卷市宫泽贤治奖励奖。也因翻译水俣市的绪方正人的《荡起常世之舟》而闻名。在日本有合著书《轻松阅读自然文学——作品指南120》（密涅瓦书房，2000）。

高田贤一

论文执笔者介绍（按执笔顺序）

伊藤诏子

广岛大学教授。著有《通往艾伦的路——埃德加·坡的世界》（桐原书店，1986）、《苏醒的梭罗——自然文学和美国社会》（柏书房，1998）等。

中垣恒太郎

常盘大学专任讲师。主要论文有《〈科德角〉的海滨——美国旅行文学中的梭罗》（日本梭罗学会编《新的黎明——〈瓦尔登湖〉出版 150 周年纪念论文集》，金星堂，2004）、《马克·吐温的世纪末——〈神秘的陌生人〉中的飞行体验》（《马克·吐温研究和批评》第 1 期，日本马克·吐温协会，2002）等。

结城正美

金泽大学助教。著有《越境的传统主题——环境文学论序说》（合编著，彩流社，2004），论文 "Sound Ground to Stand On：Soundscapes in Williams's Work", *Surveying the literary Landscapes of Terry Tempest Williams：New Critical Essays*（Univ. of Utah Press，2003）等。

吉田美津

松山大学教授。著有《美国的新风景》（合编著，南云堂，2003），论文《越南裔美国文学和美国社会》（《美国研究》第 35 期，日本美国学会，2001）等。

山城新

琉球大学法文系专任讲师。主要论文有 "Richard K Nelson", *Dictionary of Literary Biography：Twentieth-Century American Nature Writers：Prose*（Gale Research，2003）, "The Beach as a Neutral Ground：Henry David Thoreau's Cape Cod and the Tradition of the American Beach Narrative", 《环境和文学》第 5 期（2001年）等。

翻译者
横田由理

广岛大学外聘讲师。主要译作《美国的新风景》（合编著，南云堂，2003）、《绿色的文学批评——生态批评》（合译，松柏社，1998）等。

小谷一明

县立新潟女子短期大学专任讲师。著有《越境的传统主题——环境文学论序说》（合著，彩流社，2004）、《梅尔维尔的〈信用欺诈师〉和"另一个世界"》（立教大学美国研究所，1996）等。

松原孝俊

九州大学教授。著有《台湾朝鲜满洲设立的日本殖民地时期各种图书馆所藏的日本古典书籍的研究》（科研费研究成果中期报告书，2001），译作《釜山诗人们的诗》（海园出版社，1996）等。

石崎博志

琉球大学助教。论文有《琉球的汉语词汇中的才段长音》（2004）、《MVSEVM SINICVM 中的方言记叙——以声调为中心》（2002）等。